L'Héritage de Jean Vert
Chronique Aveyronnaise

Gilles Barboteau

L'Héritage de Jean Vert
Chronique Aveyronnaise

Roman

Thélès

Recevez gratuitement le catalogue de nos dernières parutions
sur simple demande en écrivant aux :
Éditions Thélès – 11, rue Martel – 75010 Paris
ou par téléphone au 01 40 20 09 10
www.theles.fr

Texte intégral

ISBN 978-2-303-00312-4

Chapitre Un
1810

Courbé sur la meule dont il tourne la manivelle avec régularité, Jean surveille avec attention le fer de la gouge qui frotte sur la pierre humide. Arrêtant son action, il caresse du pouce le tranchant de l'outil. Satisfait, il empoigne son maillet et sort de la maison.

Aveuglé quelques instants par l'intensité de la lumière matinale, il bouscule du sabot les volailles qui picorent devant la porte. La pente prononcée du chemin qui longe la grange ne ralentit pas son pas. Parvenu devant l'entrée supérieure, où le sol est de plain-pied avec le plancher du fenil, il pose ses outils, prend du recul et embrasse du regard la ferme. Les toitures de lauzes scintillent du givre qui les recouvre encore, évoquant les écailles du poisson sortant de l'eau. L'odeur du bois neuf des charpentes est perceptible, légèrement âcre.

Les premiers coups de maillet portés sur la gouge font voler les copeaux. Le geste est sûr. Pas la moindre hésitation ne ralentit le traçage des lettres qui peu à peu se dessinent, gravées dans le chêne. Point d'orgue au labeur des hommes, la signature est inscrite à présent au linteau de la large porte :

JEAN – 1813 – VERT

Le visage de Jean traduit à peine son émotion. Et pourtant que de fois il appela cet instant de ses vœux, quand éreinté par l'énormité de la tâche, il en venait à douter de voir un jour terminé la construction de son oustal[1].

Mais le courage immense et l'opiniâtreté qui sont les marques du pur montagnol[2] lui firent surmonter toutes les difficultés.

Avoir sa terre bien à lui, si petite soit elle, était l'accomplissement qu'il s'était fixé lorsque, au retour de sa longue période militaire, il avait regagné la demeure familiale. Toutes ces années de campagnes au service de l'Empereur l'avaient certes endurci, elles avaient également été le ferment de sa détermination à acquérir sa liberté, son indépendance.

Le domaine paternel, héritage de plusieurs générations, revenait à son aîné. Louer ses services comme valet de ferme, courber l'échine sous l'autorité d'un maître exigeant, au mieux aspirer durant des années à atteindre la position de maître-valet ne pouvait le satisfaire. La perspective de cette vie aux traits serviles, dans l'inconfort des écuries où étaient reléguées les paillasses des domestiques, avait su provoquer toute sa détermination.

« Tant vaut être porc que porcher
Si l'on n'est pas maître de sa porcherie »

---

1. Maison.
2. Gens de l'Aubrac et du Haut-Rouergue.

Nul mieux que ce dicton populaire ne définit le dessein commun à tous ces terriens de l'Aubrac. L'esprit d'indépendance, la volonté farouche de ne dépendre de personne pour assurer sa subsistance se manifestent chez tous d'une manière très vive, d'autant plus curieusement que la pauvreté de la terre rend la culture bien aléatoire.

Ainsi ce pays est-il constitué d'une multitude de petites exploitations, d'une superficie bien souvent inférieure à deux ou trois hectares, que les successions, théâtres habituels de conflits familiaux, tendent encore à morceler.

Un accommodement fut trouvé et donation lui fut faite de quelques arpents de terrains hérités de sa famille maternelle, dont l'éloignement de la ferme familiale rendait l'exploitation difficile.

Traversée par un chemin carrossable dont les méandres, de fermes en hameaux, relient Laguiole à Entraygues, la propriété sera accessible par les attelages ce qui constitue un atout non négligeable, tant pour la construction des bâtiments que pour la vie quotidienne. De sa partie haute on aperçoit le village le plus proche, Rocassiere, fort d'une dizaine de maisons, et son église au clocher à peigne dont les cloches s'entendent distinctement, sonnant l'angelus ou annonçant les offices.

Situées au sommet d'un plateau, à 800 m d'altitude, les terres n'accusent pas une pente trop prononcée ce qui en facilitera la culture. La roche, qui affleure le sol en bien des endroits devra être extraite, pierre après pierre, afin de constituer des parcelles cultivables, dont les contours seront cernés par des murets. Par bonheur une partie du terrain est entièrement boisée. Il n'y aura donc pas à aller quérir trop loin le bois d'œuvre ou de chauffage et les châtaigniers fourniront sur place une part de la pitance si nécessaire.

Une fois accomplie sa bistaille[3], Jean définit l'implantation de son oustal. Son choix se porta sur la parcelle à la déclivité la plus prononcée. En effet la conception traditionnelle des bâtisses permet d'user intelligemment du relief existant en utilisant la moindre variation de terrain pour trouver la meilleure exposition.

La grange, de forme rectangulaire, verra son grand côté construit dans le sens de la pente. L'une des deux extrémités se trouvera donc à demi enterrée ce qui permettra d'accéder de plain-pied à l'étage. La haute et large double porte, donnera accès au grenier à foin où les charrettes pourront ainsi rentrer. Au niveau du rez-de-chaussée, l'accès se fera par une porte aux dimensions plus réduite, surmontée d'un lourd linteau en pierre : là sera l'étable où des mangeoires seront aménagées pour les bovins, un box étant prévu pour le cheval de la ferme. Y seront également remisés les instruments aratoires ainsi que la réserve de bois.

Le bâtiment d'habitation sera positionné à angle droit avec la grange, adossé lui aussi à la pente du terrain, donc enchâssé dans celui-ci au nord, les fenêtres étant, elles, toutes orientées vers le sud, se protégeant du vent, du froid, de la neige. Ainsi la ferme aura-t-elle bon regard, ce qui constitue une condition coutumière essentielle.

À l'angle formé par la grange et la maison sera creusé le puits ainsi placé à égale distance des besoins ménagers et de

3. Tour du propriétaire.

ceux nécessaires aux soins des bêtes. Enfin, un mur de clôture refermera les deux côtés opposés aux bâtiments, délimitant ainsi la cour. Cette disposition sera la fierté de Jean : l'existence d'une cour signifie une certaine aisance de la part du propriétaire, capable de consacrer une parcelle à ce seul usage. Quant au portail d'entrée au lourd vantail, surmonté d'un petit toit allongé qui protège et sert d'abri au visiteur, il va de paire avec un certain orgueil, une façon d'égaler les plus riches qui seuls en possédaient alors.

Comme beaucoup de paysans de sa condition Jean est attaché à la bonne tenue de sa future exploitation. Le propriétaire retire une légitime fierté du jugement, qu'il souhaite favorable, porté par son voisinage sur l'implantation de sa demeure, l'exploitation de ses terres et la qualité de son cheptel, si modestes soient-ils. C'est dans cet esprit que Jean a conçu son exploitation : des bâtiments bien implantés, ouverts vers le sud, d'un accès facile, et dont les dimensions sont proportionnées aux surfaces de terres exploitées.

*

* *

Avant d'entamer sa construction Jean se consacra tout d'abord à la recherche des matériaux, schiste, granit, basalte, et à la mobilisation de la main-d'œuvre nécessaire. Il lui fallait avant tout rencontrer et convaincre les hommes d'accepter de lui prêter main-forte en utilisant le matériel de leur exploitation : chars à bœufs, chevaux, palans, triqueballe, etc. Comme tous ceux de sa condition Jean ne disposait d'aucun moyen financier lui permettant de recruter à son compte des équipes de bâtisseurs. Seules certaines tâches nécessitant un tour de main particulier seraient confiées, moyennant finances, à des équipes, le plus souvent itinérantes, qui, de l'Auvergne à la Catalogne, offraient leurs services pour certains travaux.

Il en serait ainsi pour le sciage des planches confié à des scieurs de long, solides gaillards qui, regroupés par trois, sillonnaient les campagnes à pied, seulement équipés de leur grand cadre à ruban, de chaînes et d'une hache. Ils commençaient par fabriquer sur place un immense chevalet qui leur servait à hisser les troncs d'arbres qu'ils allaient ensuite débiter en planches. Puis ils procédaient à l'écorçage puis au débitage du bois à l'aide de la lourde scie : un homme était alors juché en hauteur sur la pièce de bois à découper, les deux autres au sol, en dessous, chacun tirant puis poussant pendant des heures le cadre de scie. Ces ressaïres dormaient sur le chantier, les conditions précaires ne les effrayant pas, mais il était nécessaire de leur fournir la soupe et la boisson, réconfort dont ils abusaient parfois volontiers. Ces quelques vers résument à eux seuls ce qu'était leur labeur, mené sans répit tout au long d'interminables journées :

> « De bas en haut, de haut en bas,
> Les pieds écartés en compas,
> Les scieurs de long se trémoussent ;
> Et le soir jusqu'aux monts lointains
> Les allonge en sombre pantins
> Qui poussent, tirent et repoussent… »

Jean fit d'abord appel à sa famille, des plus proches aux cousins les plus éloignés, et celle-ci était nombreuse mais par bonheur resserrée, dans la mesure où les mariages se traitaient toujours dans un proche périmètre. De Montpeyroux au Cayrol, de Crozillac aux Bessades, voire jusqu'à Huparlac en passant par Soulages et jusqu'aux confins de Laguiole et de la Montagne, il battit les drailles[4] et la campagne pour exposer son projet, s'assurer de la solidarité de ses pairs et constituer ainsi ses bouados, ces équipes constituées de voisins ou de proches, aisés ou pauvres, les uns menant leurs attelages, les autres fournissant leur force musculaire ou simplement leur savoir-faire. À chaque étape de sa construction il battit ainsi le rappel de ses proches, lorsque le besoin de main-d'œuvre se faisait le plus sentir. Tous y mettaient du cœur et de la générosité, ne se privant pas toutefois de s'accorder quelques satisfactions en démontrant aux yeux des autres l'efficacité de leur attelage de bœufs ou en faisant montre de leur ingéniosité dans la résolution d'un épineux problème technique.

Ses journées d'entraide intense ne s'achevaient pas sans que tous ne se retrouvent autour de la table d'un banquet improvisé. Rires et chants résonnaient alors sur le chantier au fur et à mesure que les verres se vidaient.

Bien sûr Jean offrait de même ses services chez ses pairs, ne ménageant jamais sa peine, accumulant les semaines de durs labeurs dont il serait plus tard payé en retour, par échange de bons procédés.

Il lui fallait également se procurer le pécule nécessaire au paiement des équipes qu'il serait contraint de recruter, tels les ressaïres et les ardoisiers. Il travailla alors comme journalier dans les fermes les plus importantes, détenues par des pagès, propriétaires aisés qui, bien qu'employant de nombreux

4. Chemins.

domestiques, recrutaient occasionnellement ces hommes qu'ils payaient à la tâche. C'était ainsi le cas pour les moissons où un bon faucheur parvenait à doubler ses gages quotidiens par un travail acharné. Le pagès, animé du souci de rentrer au plus vite sa récolte pouvait alors se montrer généreux envers les meilleurs ouvriers, n'hésitant pas toutefois à faire travailler ses équipes du lever au coucher du soleil mais aussi des nuits entières lorsque la pleine lune était là.

Ses moments de liberté Jean les consacrait à préparer sa construction : abattre les arbres, pins, chênes, châtaigniers, et les acheminer sur son terrain, mais également collecter et transporter l'énorme quantité de pierres que nécessitera l'édification des bâtiments. Il piqueta l'implantation de la maison, ainsi que celle de la grange et commença le fastidieux travail de terrassement.

Jean Vert, paysan de l'Aubrac, se mua alors tour à tour en terrassier, puisatier, mais aussi en maçon, charpentier, couvreur, jouissant bien souvent des conseils de quelques anciens qui dans leur propre vie avaient déjà participé à l'édification de plusieurs oustals.

Le chantier dura trois années entières, interrompu l'hiver par les longues périodes d'enneigement ou tout déplacement devient impossible, mais aussi plusieurs fois par an par les absences de Jean qui continuait à louer ses services dans les fermes alentours, recueillant par là le revenu nécessaire à sa subsistance.

En premier fut creusé le puits. Dès les prémices de son projet Jean s'était assuré les services d'un sourcier. L'absence de tout point d'eau sur ses terres aurait en effet irrémédiablement condamné son installation. La source existait mais elle était sous-jacente à la roche et il fallut creuser pour l'atteindre à une profondeur de quinze mètres, traversant plusieurs couches de roc qu'il fallait briser, dégager et remonter au prix d'efforts surhumains.

Mais l'ardeur, la force physique et le recours à la traction animale ne peuvent suffire pour déplacer ces fragments de montagne, hisser et positionner les énormes blocs de granit qui constitueraient l'assise des murs, élever et assembler les éléments de charpente. L'ingéniosité volait alors au secours de nos bâtisseurs improvisés qui savaient user de leviers, de palans démultipliés, de plans inclinés et de mille autres astuces et tours de mains transmis de génération en génération qui permettaient de surmonter les difficultés les plus folles.

Ainsi s'écoulèrent ces longs mois de travail où notre nouveau maître des lieux sut se montrer fidèle aux traits caractéristiques de ceux de sa race : courage, opiniâtreté, lenteur mais aussi force, finesse et réflexion. Réputé comme tout Aveyronnais âpre au gain et soucieux de ses intérêts il géra son pécule avec parcimonie et clairvoyance, écartant toute dépense superflue mais exploitant également toute source d'économie :

« Le premier sou que l'on possède est celui qu'on ne dépense pas. »

La plus importante dépense fut consacrée aux toitures. Dès le début de ses travaux Jean avait fait commande à l'ardoisière du Cayrol de l'importante quantité de lauzes qui lui serait nécessaire. Le moment venu, ayant battu le rappel, c'est une véritable procession de chars à bœufs qui, en deux journées, charrièrent la lourde cargaison. Il fallut également extraire et transporter depuis une combe humide, la terre glaise nécessaire à la couverture des toits. En effet, chaque lauze est fixée au toit par une cheville de bois ancrée dans la volige, mais cette dernière est au préalable recouverte d'une épaisse couche de mortier de glaise qui assure étanchéité et isolation. Pendant plusieurs mois, travaillant l'ardoise dont il fallait façonner chaque pièce avant que de l'assujettir à sa cheville, le montagnol et ses aides, n'eurent d'autres horizons que ceux qu'ils découvraient du sommet de leurs toits.

*

*   *

Le caractère isolé de la ferme nécessitait que puisse être assurée son autonomie dans tous les domaines.

Dans les hameaux, les villages, un terrain communal dénommé le couderc placé au centre des diverses habitations disposait d'équipements accessibles à la collectivité. Il en était ainsi d'un puits ou d'une fontaine, d'un abreuvoir, voire d'un lavoir, mais aussi d'un four à bois où une fois par semaine chacun faisait cuire sa préparation de pâte à pain.

Mais l'éloignement du bourg de Rocassiere rendait impossible l'usage de ces services communs. Tout contre la maison un four fut donc bâti. Fut-il remarquable au point que le lieu adopte son nom ? Fournigal, déformation de fournial, le fournil, était né et, pour toujours, ce vocable désignera son oustal.

*

*   *

Chapitre Deux
1971

Du bout du chemin nos deux véhicules approchent timidement, roulant au pas sur ce terrain cahoteux, semblant se déhancher au passage des rochers qu'ils franchissent comme l'ultime obstacle qui protège ces lieux des importuns qui sagement préféreront rester aux limites rassurantes du bitume de la D 937.

Les 2 CV Citroën s'immobilisent au milieu des hautes herbes tandis que d'un dernier hoquet, leurs moteurs s'arrêtent, laissant le champ libre au silence.

Ouvrant les portières nous descendons, jeunes gaillards ébouriffés, chevelus, la barbe naissante, qui sans un mot contemplons l'endroit.

Fournigal !

Quelle idée exacte nous en faisions-nous quand de Bordeaux la description nous en fut faite ? Les broussailles, les ronciers, envahissent les murs et la cour. Des monceaux de pierres, en éboulis, révèlent l'existence d'anciens appentis. Les portes de la grange, largement ouvertes, laissent entrevoir un fatras de matériels hétéroclites, vieux instruments agricoles, bois, ferraille, futaille et autres rebuts. L'étage est entièrement occupé par du foin qui par le plancher pourri se répand en gerbes à la partie inférieure.

La maison a triste mine, fenêtres béantes, volet pendant à l'étage, porte ouverte… nous entrons.

Abordant d'abord une sorte de cave humide, au sol en terre battue, sombre, taillée dans le rocher telle une grotte, nous empruntons l'escalier branlant qui conduit à l'étage. La pièce, aux dimensions modestes, semble avoir servi de bivouac : lits de camps de l'armée, un vieux réchaud à gaz, un grand désordre d'objets amoncelés. Tous ces meubles à l'abandon, les planchers, les murs, les poutres et les toiles d'araignée elles-mêmes sont recouvertes d'une crasse épaisse, noire. Sur le mur du fond, la cheminée, dont la pierre de foyer est effondrée. Sur le côté, dans des sortes de placard, des paillasses, rongées par la vermine. Un buffet qui ne tient plus debout, dans un angle une simple pierre d'évier, témoigne de la vie qui anima cette maison. Mais qui donc l'habita pour la dernière fois ? À quand cela remonte-t-il ?

Ces questions n'effleurent que fugitivement nos esprits, tout excités que nous sommes de découvrir et de nous approprier notre acquisition. Propriétaires d'une maison ! Était-ce imaginable alors que nous venions à peine de quitter le lycée, que l'argent de poche et le premier salaire gagné à l'occasion des grandes vacances suffisaient à grand-peine à couvrir nos sorties, nos cigarettes et l'essence de nos engins ?

Car enfin nous étions bien embarqués dans cette aventure, inimaginable quelques mois auparavant, impensable au regard de notre âge, de notre statut, de notre totale absence de moyens financiers.

Nous n'avions que dix-huit ans et pourtant, par-devant notaire nous venions de signer, ou plutôt d'avoir fait signer par nos parents, âge légal, alors 21 ans, oblige, l'acte qui nous rendait propriétaire en cette année 1971 d'une maison avec grange sur une propriété d'une contenance de 10 ares 50 centiares au sol. Cela n'avait pas été vraiment facile de faire admettre chacun à nos familles que ni la crise d'adolescence, ni les épreuves du bac n'avaient eu raison de nos facultés mentales au point de nous laisser nous engager dans des placements au-dessus de nos moyens. Il y eut tout de même quelques scènes cocasses et surtout un grand silence lorsque, au cours d'un repas familial, nous dûmes nous lancer pour dire :

– Heum, papa, maman, je viens d'acheter une ferme en Aveyron, il faudrait passer chez le notaire pour la signature de l'acte.

Nous étions donc sept, à avoir rêvé puis, à notre grande surprise, réalisé le rêve ébauché au cours de la dernière soirée d'un camp de jeunes. Patrick Malis, nous l'appelions Malis, Jean-Marc Cantreau, Philippe Andres dit Philo, Jacques Pommereau, Damien Etaulier, son frère Michel et moi-même savions que nous vivions ensemble la fin d'aventures adolescentes lorsqu'au dernier soir de ce camp et dans l'exaltation d'un ultime verre, nous nous engageâmes à chercher ensemble un lieu bien à nous qui nous permettrait de reproduire des années durant cette atmosphère d'amitié, d'insouciance et de joie de vivre qui nous tenait tant à cœur.

L'apanage de la jeunesse est de pouvoir rêver. Des idées fusèrent dont l'originalité le disputait à l'irréalisme.

– Il est possible de trouver pour pas cher un buron dans le Massif Central ! lança Jacques qui se promettait d'en parler à son oncle, curé de campagne en ces vertes et lointaines vallées.

Nul n'imaginait ce qu'était vraiment un buron… ce simple abri, perdu au milieu des pâturages, où les bergers confectionnaient autrefois le fromage. Mais l'idée avait germé ! Un inattendu concours de circonstance lui permettra de prendre corps.

À la rentrée du dernier trimestre, alors qu'était encore frais ce serment, la rumeur de la cour de récréation nous apprit que le Supérieur de l'Institution dont nous étions encore élèves, honorable ecclésiastique qui nous inspirait habituellement une crainte prudente mêlée de respect, s'apprêtait à se séparer d'une des deux maisons qu'il possédait en Aveyron, rebuté par son mauvais état et les frais qu'il y avait à y engager. Était-ce du courage ou de l'inconscience, nous prîmes en délégation rendez-vous avec lui et lui exposâmes posément notre projet. Le saint homme, loin de nous chasser, fut confondu par tant de fraternité qu'il attribua derechef aux valeurs qu'il pensait nous avoir prodiguées. Sur le champ il nous promit la vente. Portés par notre réussite nous allâmes jusqu'à négocier le prix, au demeurant bien symbolique…

Nous fûmes alors suffisamment bien conseillés pour mettre en place les statuts d'une société dûment enregistrée qui régiraient les rapports entre les associés, échappant ainsi aux écueils du régime de l'indivision. Moins de trois mois après avoir échafaudé notre improbable projet nous nous trouvions chacun porteur de parts sociales qui, au-delà de nos liens affectifs, nous unissaient solidement par le partage du capital.

*

*   *

Chapitre Trois
1813

L'achèvement des travaux coïncida avec le mariage de Jean. Les nombreuses périodes qu'il passa dans les fermes où il louait ses services l'avaient amené à côtoyer nombre de jeunes filles. À Salvat l'une d'entre elles l'accompagna un été durant les moissons, liant les javelles au fur et à mesure qu'il fauchait. La conversation les rapprocha et un penchant mutuel s'exprima rapidement entre les deux jeunes gens. Mais ces sentiments ne se témoignaient, comme il se devait, qu'avec discrétion, timidité et coquetterie, la fierté et l'honneur de la jeune paysanne étant en jeu.

L'usage voulant que le garçon fît sa cour pendant une longue période ce n'est qu'une année plus tard que Jean fit officiellement sa demande à Marie, déposant discrètement, selon la coutume, dans la poche de son tablier une herbe de Saint-Roch. La jeune fille présenta alors son prétendant à ses parents, qui l'autorisèrent à le fréquenter au vu et au su de tout le voisinage et officialisèrent les fiançailles.

Pendant cette période la famille de Marie entama la préparation de son trousseau : le linge de maison, les accessoires du lit dotal aux nombreuses broderies, le chapeau de perles et le grand châle nuptial appelé lou moucadou noubial. La date de la cérémonie fut choisie avec soin car les bons usages voulaient qu'elle n'ait pas lieu pendant l'Avent, ni le Carême, encore moins durant le mois de Mai, qui était le mois de la Vierge…

Quelques jours avant la noce les deux fiancés prirent la patache, accompagnés de leurs parents, pour un voyage jusqu'à Rodez afin d'y acquérir lou noubiatge, c'est-à-dire tout l'attirail de la noce.

Exceptionnellement le mariage n'eut pas lieu au domicile de la jeune fille, mais à Fournigal, demeure des futurs époux, Jean souhaitant y célébrer à la fois ses épousailles et la fin de ses travaux.

Sitôt la cérémonie accomplie, c'est par un long cortège, joyeux et chamarré, que l'ensemble de la noce relia à pied l'église de Rocassiere aux lieux de réjouissance, n'oubliant pas de s'arrêter devant la demeure des divers invités, les invitant à se joindre au groupe après que la mariée eut coupée avec une paire de ciseaux la guirlande de fleurs tendue devant leur porte. Les femmes, exceptionnellement coquettes ce jour-là, étaient vêtues de jupes sombres, de chemisiers blancs et toutes avaient les épaules couvertes de lou moucadou. Il s'agissait d'un fichu de couleurs vives, à rayures ou à larges motifs, seule concession faite à la fantaisie. Les hommes avaient revêtu leur costume « du dimanche », fait d'un lourd tissu bleuâtre, rouge brique ou noir, tranchant sur le gilet lui-même orné d'une belle chaîne attachant la montre-oignon. Tous avaient laissé les sabots et chaussé des souliers, article de luxe qu'ils conservaient plusieurs décennies. Enfin, point de sortie sans couvre-chef, chacun s'était coiffé de son taupé.

Au bras de sa jeune épouse Jean rayonnait de bonheur mais également d'émotion en ce jour qui avait tant de signification pour lui. Il allait enfin pouvoir vivre en son oustal, faire vivre sa ferme et y fonder sa famille. Depuis que son projet avait pris corps il savait qu'il aurait besoin d'avoir plus tard auprès de lui une épouse aimante et courageuse et n'ignorait pas « qu'à deux, on accomplit le travail de trois ».

« Une épouse de valeur dans une maisonnée, vaut plus que les terres et le cheptel. »

Cet axiome prend tout son sens lorsque l'on sait combien la vie de mère et d'épouse était alors difficile : accomplir de nombreuses maternités, assurer la nourriture de sa nichée, aider son homme aux champs en fanant, chargeant foin et gerbes, glanant, ramassant les châtaignes, soignant la basse-cour et le cochon ainsi qu'assurant ses lourdes tâches ménagères.

Dans la cour de Fournigal avaient été dressées deux grandes tables drapées de blanc. Les convives, rieurs et affamés, se répartirent sur les bancs, les deux familles prenant soin de se mélanger. Dès les premiers tassous les plaisanteries et les chants se firent entendre :

« Au lieu de verres
Nous avons des tonneaux, hélas
Et rien de plus beau
Que de nous voir
Chacun à sa soif
Boire à la régalée

Et tant que nous ferons ainsi, mille noms,

Nous n'achèterons pas de ferme
Et temps que nous ferons ainsi, mille noms,
Nous n'achèterons pas de maison ! »

Ces paroles sans doute avaient-elles été choisies pour taquiner le marié dont nul n'ignorait l'attachement très fort qui le liait à sa nouvelle demeure.

Des vignobles d'Entraygues et d'Estaing Jean s'était procuré plusieurs barricous et, sur les volailles, serait servi un « vin bouché » des meilleurs coteaux de Marcillac. Oubliant pour un jour la monotonie des repas quotidiens tous firent honneur au copieux déjeuner. Passées les cochonnailles, fricandeaux et autres pâtés, fut servi le mourtaïrol[5] puis la poule farcie, plat des jours de fête. Au dessert la « pompe à huile » côtoya la fouasse et les rissoles aux pruneaux. Enfin, rare fantaisie, fut servi le café, que l'on but dans les verres.

Une charrette avait été tirée dans un angle de la cour. À la fin du repas y montèrent un joueur de cabrette et un vielleux qui firent tourner la bourrée à toute la noce. Jeunes et vieux s'amusèrent de longues heures, alternant chants et danses, montagnarde et crouzado[6], claquant les mains par-dessous les jambes ou montant sur les tables. La générosité qui s'exprima ce soir-là lors de la mise aux enchères de la jarretière de la mariée devait certes beaucoup à l'échauffement général,

---

5. Croûtes de pain dur et fromage cuits à feu doux dans le bouillon de la viande.

6. Bourrée croisée.

elle traduisait aussi les sentiments d'amitié et d'affection qu'avaient su gagner les jeunes mariés auprès de tous leurs invités.

La nuit était tombée depuis longtemps lorsque les derniers convives prirent congé laissant Jean et Marie nouveaux maîtres de ces lieux.

*

* *

Les jeunes mariés prirent possession de leur maison et y installèrent leurs maigres affaires. Au rez-de-chaussée, au sol en simple terre battue, serait hébergée la volaille, voire le porc et les cages à lapins, mais y seraient aussi stockées la futaille, les fagots, les pommes de terre, les racines fourragères, etc....

Au premier étage, la salle commune, lieu de vie de la famille paysanne. C'est le lieu où l'on dort, où l'on mange, où l'on reçoit, fait la cuisine, où l'on se lave éventuellement, tous réunis en une seule pièce. En journée celle-ci est faiblement éclairée par deux fenêtres ouvertes sur le sud, aux dimensions volontairement réduites pour se protéger du froid.

Quelques semaines avant son mariage Jean avait fait venir le menuisier du village. Celui-ci s'était installé dans la grange, avec son établi et ses outils. Il avait ainsi confectionné les quelques meubles indispensables à la vie quotidienne. Un buffet, une armoire, la table et ses bancs, mais également les deux lits clos bâtis le long du mur opposé aux fenêtres. Leur façade de bois ciré était ornée de décorations et d'enjolivements gravés au couteau. Ces lits étaient garnis d'une simple paillasse remplie de paille et de dépouille de maïs sur laquelle était posé un matelas de laine ; ils étaient fermés par un épais rideau. Devant, des bancs coffres servaient tout à la fois de sièges, de meuble de rangement mais également de marchepied pour accéder aux couchages.

Cet ameublement minimaliste suffisait car les exigences de l'époque étaient peu tournées vers le confort domestique. On acceptait aisément l'exiguïté de la pièce à vivre, la promiscuité, le manque de rangements, l'atmosphère enfumée, l'obscurité quasi permanente et l'on avait nulle honte à y faire entrer voisins et amis. On aurait par contre été totalement atteint dans son amour-propre si une remarque avait été faite sur un champ envahi de mauvaises herbes, peu productif, des abords gagnés par les ronces et les broussailles ou une étable mal entretenue. La fierté du paysan s'exprimait au travers de l'apparence soignée de son exploitation agricole, non de celle de sa demeure.

Le mur pignon situé à l'est se trouvait presque complètement occupé par une immense cheminée au foyer largement ouvert. L'âtre revêtait une très grande importance dans la vie de la famille paysanne. La chaleur qu'on s'y procurait n'était pas seulement celle du feu de bois, mais elle provenait également du plaisir que l'on avait à s'y retrouver réunis pendant les froides soirées d'hiver. Le foyer disposé à même le sol était entouré de chenets sur lesquels un tournebroche pouvait être accroché. Aux temps froids y rôtissaient quelques volailles de la ferme ou des grives braconnées sur les parcelles voisines. Sur le sommet de ces chenets un support circulaire permettait d'y déposer son bol lorsque l'on voulait le tenir au chaud. En arrière du feu se trouvait, fixée au mur, une potence noircie, qui pivotait sur elle-même afin de venir chercher en avant de l'âtre la lourde marmite que l'on y accrochait, à l'aide d'une crémaillère, sans risque de se brûler. Dans un coin du cantou[7] trônait le coffre à sel en forme de banc, siège privilégié pour qui aimait se tenir au chaud. Enfin, sur le côté du foyer, une cavité creusée permettait de recueillir les cendres que l'on conservait précieusement jusqu'à la prochaine lessive, en guise de détergent. Sur le côté de la cheminée, un petit buffet faisant vaisselier, fabriqué aux dimensions était scellé au mur, c'était le seul meuble de rangement.

Sur le mur opposé, tout contre le départ de l'escalier conduisant au grenier, était placé l'évier, simple pierre creusée et munie d'un orifice permettant à l'eau de s'écouler à l'extérieur par un conduit en bois traversant le mur. L'évier était surmonté de deux étagères permettant d'y ranger vaisselle et accessoires de toilettes. C'est en cet espace que la famille procédait à ses rapides ablutions sans autre intimité que celle fournie par un rideau que l'on pouvait tirer.

Au centre de la salle la grande table en bois massif constituait le meuble principal, entouré de deux bancs. Celle-ci comportait en bout un immense tiroir où était logée la miche de pain entamée, le fromage, les oignons.

Les poutres et le plafond étaient fortement encombrés. De multiples crochets de fer, montants en bois entre les poutres, cordes, supportaient des provisions de bouche : paquets d'oignons, longues tresses d'ail, épis de maïs, mais aussi saucisses et saucissons mis à sécher, un jambon et lou bocou, c'est-à-dire l'échine et le lard du porc familial.

Au-dessus de la salle commune se trouvait le grenier servant à garder au sec certaines denrées : légumes secs,

7. Coin du feu.

oignons, blé, froment, seigle entreposés dans de grandes arques[8], mais également pommes, noix, châtaignes qui, soigneusement conservés, permettraient de nourrir la famille durant les longs mois d'hiver. Ce galetas placé au-dessus de leurs têtes était visité en permanence par nombre de rongeurs, mulots, loirs, que l'apparition du chat faisait déguerpir dans des courses bruyantes qui ne manquaient pas de faire sursauter le reste de la maisonnée.

*

*   *

Avec Jean et Marie la vie s'installa à Fournigal, vie de travail tournée tout d'abord sur leur modeste exploitation. Les terres entourant la maison après avoir été laborieusement débarrassées des pierres encombrant leur surface furent labourées et mises en prairie, ou semées de seigle et de froment. Deux ou trois vaches, un cochon, un cheval de trait constituaient tout au plus le cheptel de nos deux paysans. L'autosuffisance était leur souci premier.

Leurs vaches ne pouvaient avoir d'autre origine que celle de la race d'Aubrac, parfaitement adaptée au sol, au relief, au climat. D'une grande sobriété elle s'accommode, en cas de besoin, des plus maigres pacages, trouve sa nourriture là où les races plus gourmandes mourraient de faim ce qui lui valut le sobriquet de chèvre de l'Aubrac. Quant au cochon, il est indispensable d'en élever un pour sa propre consommation.

8. Coffres.

Peu exigeant sur la qualité de sa nourriture il se révèle d'un bon rapport.

Jean continua malgré tout à offrir régulièrement ses services aux quelques pagès les plus proches afin d'assurer le maigre salaire nécessaire à leur vie quotidienne. Parfois il partait plusieurs jours, quand il fallait notamment conduire les troupeaux aux estives ou seconder un cantalés[9] dans la montagne en saison. Quoique simple bédelier[10], Jean connaissait le travail de fabrication du fromage de fourme, compétence qu'il avait acquise au cours ses diverses expériences de saisonnier. Les patrons payaient chers ces personnages sur qui pouvait reposer la réussite d'une saison d'estivage.

Bien sûr la ferme se peupla d'enfants, qui grandirent dans les pas de leurs parents. Dans les lits clos on se serra et les bancs de la table commune suffirent à peine bientôt à accueillir l'envahissante marmaille affamée.

Les repas étaient simples et monotones, reposant sur quelques valeurs fortes : la soupe paysanne, la pomme de terre, la châtaigne et bien sûr le pain. Ce pain grisâtre fait de seigle et de froment avait tout de même un avantage : celui de durcir lentement. Les grosses tourtes de quatre ou cinq kilos cuites dans le four de Fournigal pouvaient se conserver jusqu'à quinze jours à trois semaines. Quand elles durcissaient trop, on les trempait dans l'eau.

Lors des périodes de disettes les plus dures on en vint à manger du pain noir, voire du pain de racines de fougères pilées !

---

9. Maître vacher.

10. Vacher en second.

Mais jamais le maître de maison n'aurait entamé une nouvelle miche sans y tracer une croix de la pointe du couteau, priant Dieu de tenir toujours garni le tiroir de la table familiale.

Dans le four, en même temps que le pain on avait enfourné deux à trois pompes à huile, gâteau fait de pâte à pain arrosé d'huile de noix, à déguster selon les goûts sucrés au miel ou bien salé et qui viendrait agrémenter la fin du repas.

Autre pilier de l'alimentation la châtaigne se consommait quotidiennement, d'octobre au printemps, accommodée de multiples façons : grillée sur le feu dans une poêle munie de trous, bouillie bien sûr ou bien dans une soupe au lait. Certains vieux paysans se délectaient même d'une écuellée de châtaignes macérées dans du vin rouge ou du cidre. Point d'aliments riches. Les paysans ne consommaient pas de viande, hormis celle du porc qu'ils avaient élevé.

Tuer le porc familial était l'occasion d'une fête car il était synonyme d'une nourriture riche et variée pendant plusieurs mois. La tranche de lard dégustée en casse-croûte, notamment, était une véritable institution pour les travailleurs de la terre. Le sacrifice avait lieu de préférence dans les trois premiers jours de la semaine, en décembre ou en janvier. Parents et amis y étaient conviés car on avait besoin de tout le monde. Tout était cuisiné, tout avait une utilité, même le fiel qui était conservé pour soigner coupures et plaies.

La chasse également était présente dans la vie de nos paysans. Cailles, perdreaux et lièvres, présents en abondance, étaient tirés au fusil. Les lapins étaient pourchassés à l'aide d'un furet. Nul besoin de chiens, on connaissait trop les habitudes du gibier que l'on traquait à son aise. Une volaille, une pièce de gibier braconnée venaient ainsi améliorer l'ordinaire. Mais le poisson était également présent sur la table familiale. Nos paysans savaient en effet discrètement tendre un filet dans quelque boralde[11] avoisinante.

*

* *

Trois à quatre fois par an on se rendait à la foire, moment important qui permettait de vendre les produits de la ferme mais aussi d'acheter des bêtes, du linge, des draps, des ustensiles divers et variés.

La famille entière appréciait ces moments qui lui permettaient de s'évader de sa vie routinière, d'oublier ses champs, le labeur et les innombrables contraintes. C'était comme un jour férié. L'ambiance était à la fête. Sur le foirail les baraques foraines côtoyaient le bétail. Des cabarets ambulants étaient installés. Les auberges étaient pleines et si les affaires étaient bonnes l'argent sortait facilement des poches. Alors parfois on se laissait aller à trinquer plus que de raison provoquant des retours laborieux, dans l'équilibre incertain de chaussures à bascules et sous le regard furieux d'une épouse excédée par ces plaisirs dispendieux.

Il faut dire que la misère était grande et que l'argent, espèce sonnante et trébuchante, manquait le plus souvent à la maison. Le peu qui pouvait être mis de côté en louant sa force et son travail était immanquablement consacré au paiement

11. Ruisseau.

de l'impôt qui étranglait les petites gens, paysans modestes dans les campagnes, ouvriers dans les villes. La persistance du souvenir du régime féodal pesait lourdement dans les esprits, entretenue par la perception d'anciens droits, tels la dîme. La haine du petit peuple à l'égard de ces droits ancestraux, pourtant abolis pour l'essentiel, paraissait liée au souvenir tenace de la féodalité et de l'exploitation seigneuriale.

Les impôts étaient nombreux se répartissant entre les contributions indirectes, taxes sur les produits, et les contributions directes, impôts fonciers et mobiliers mais également imposition sur les portes et les fenêtres. Tous les cinq ans le maire de Rocassiere était chargé, comme dans les autres communes, de procéder au domicile de chaque citoyen, au recensement de ces ouvertures. Les dénombrer semblait a priori être un acte simple et concret mais, dans la réalité, toutes n'étaient pas prises en compte. Encore fallait-il qu'elles soient reconnues comme portes ou comme fenêtres ce qui donnait lieu à des discussions sans fin. Les maires rechignaient à accomplir cette mission, qui leur paraissait injuste, et dont ils redoutaient qu'elle les amenât à subir des sentiments de rancune et d'incompréhension de la part de leurs administrés. Au final, aboutissement inepte d'une loi mal pensée, combien de fenêtres à meneaux virent leurs croix centrales cassées à la masse pour réduire de quatre à une seule le nombre d'ouvertures taxées ?

Résignés, Jean et sa tribu assistaient sans broncher à ce recensement, les poings parfois serrés au fond de leurs poches, maugréant malgré tout entre leurs lèvres, maudissant les ministres et leurs lois si injustes.

Dans certaines contrées l'impopularité de l'Administration et de l'État conduisait à la haine, à la révolte et parfois au pillage.

L'agitation antifiscale, plus ou moins violente, s'était manifestée à cette époque-là dans la basse Auvergne, nécessitant l'intervention des gendarmes à cheval pour calmer les ardeurs de petites troupes créant des charivaris à l'égard des agents recenseurs. Les notables, pour leur part, prenaient le parti de rester silencieux, préférant déplaire à l'autorité plutôt qu'au peuple.

Sans nul doute, s'ils ne furent pas à compter parmi les activistes, Jean Vert et ses proches furent-ils malgré tout informés des manifestations de révolte qui se propageaient.

Furent-ils également instruits des idées nouvelles qui se développaient, prônant l'égalité pour tous et le rejet de la propriété individuelle ?

Cette dernière théorie ne devait, malgré leur indigence, être acceptable à leurs yeux, tant ils avaient peiné pour posséder leur propre domaine.

*

* *

Dès leur plus jeune âge, les enfants durent se rendre utiles auprès de leurs parents en participant aux travaux de la ferme. Peu de temps était alors accordé aux jeux et à la distraction. En particulier leur étaient confiées les tâches d'accompagnement et de surveillance du bétail. Dès sept ou huit ans ils pouvaient être loués pour quelques sous ou une paire de sabots et l'école n'était pas toujours suivie de façon très régulière, surtout de Mai à Octobre où les tâches de la ferme primaient sur leur instruction, au demeurant très limitée.

À la nuit tombée, tous se retrouvaient, assis en demi-cercle devant le feu. Celui-ci contribuait à apporter un peu de lumière dans la salle commune faiblement éclairée par la lampe à huile de noix et dont le plafond, noirci par la fumée entretenait une atmosphère de deuil. Des amis venaient, ou l'on se rendait chez eux, à tour de rôle. Les conversations roulaient sur les nouvelles du pays, les racontars, les travaux de la ferme, puis elles dérivaient sur des histoires imaginaires, chacun exerçant ses talents de conteur, s'appliquant à faire rêver, rire ou effrayer un auditoire pleinement acquis. Ainsi étaient entretenues les superstitions et croyances populaires dont tous étaient friands. Tout en devisant, on ne restait pas inactif, cassant des noix, épluchant des châtaignes, égrenant le maïs, les femmes filant sur leurs roues une ou deux fusées de fil de lin ou de laine. En grignotant los petouflos, ces grains de maïs mis à griller sur la pierre brûlante de l'âtre, on vidait quelques verres de vin ou de cidre qui, vite, échauffaient les ardeurs et l'on chantait alors, ou parfois venait à danser. Ainsi la chaleur que l'on ressentait n'était-elle pas uniquement celle du feu de bois mais aussi celle du plaisir de se retrouver pendant les longues et froides soirées d'hiver. Puis les amis se retiraient, leur lanterne à la main et l'on regagnait les lits clos, après avoir pris soin d'en avoir réchauffé les draps avec la bassinoire et soigneusement tiré les rideaux pour conserver avec soi la faible chaleur ambiante.

*

* *

Aux premiers beaux jours la ferme et ses occupants sortaient de leur torpeur hivernale et chacun s'activait pour les travaux des champs. Les bêtes regagnaient les prés. Des étables on sortait le fumier que l'on épandait sur les dernières plaques de neige, favorisant ainsi l'imprégnation du sol. À l'automne les semailles avaient été faites, du seigle surtout, de l'avoine, de l'orge, du méteil, un peu de blé mais également du chanvre qui récolté permettait le tissage d'une toile grossière. Dans cette terre ingrate le travail était harassant et les rendements si faibles qu'ils ne dépassaient pas bien souvent trois ou quatre pour un. Mais l'on s'y employait avec ardeur, se grisant peut-être de cette dépense d'énergie qui offre le sentiment réconfortant du devoir accompli. En effet planait sur la famille la vieille peur séculaire de manquer de grains, car le pain avait une valeur sacrée.

*

* *

Jean régnait en maître et en patriarche sur sa nombreuse famille qu'il élevait dans la foi religieuse, avec une stricte dévotion chrétienne marquée par les fêtes catholiques, la messe et les vêpres le dimanche, mais aussi une confiance et une crainte mal exprimées dans les décisions de la Providence.

Ainsi n'oubliait-il jamais la toute puissance divine au cours de ses travaux. Ensemençait-il son champ ? L'ouvrage terminé il disposait en croix quelques branches, les plaçant aux angles et au milieu de la parcelle.

Lorsque l'orage s'annonçait, objet de terreur dans le monde paysan, il répandait de l'eau bénite dans toute la maison, une branche de buis à la main en guise de goupillon tandis que la famille se mettait à genoux et priait. Une pierre noire était conservée près de la cheminée. Jean s'était empressée de la rechercher dans la campagne à la fin de sa construction. Une superstition vivace voulait que ce type de pierre, tombée du ciel en même temps que la foudre protégerait la maison si elle était jetée au feu au premier coup de tonnerre qui se ferait entendre.

À certains saints il adressait ses dévotions selon les nécessités du moment : Saint-Roch pour la réussite des cultures, Saint Blaise pour la santé du cochon. Au printemps il amenait ses bêtes jusqu'à Rocassiere où, rassemblées sur le couderc avec toutes celles de la commune, elles recevaient la bénédiction du curé assisté des enfants de chœur en surplis blancs et robes rouges. Les fêtes religieuses rythmaient la vie de la ferme. Noël tout d'abord, où l'on se rendait à pied et dans le froid à la messe de minuit. Le Carême où l'on jeûnait et faisait scrupuleusement abstinence. La nuit de la Saint-Jean où l'on se regroupait près d'un gigantesque feu autour duquel on chantait et on dansait. Vœux et pèlerinages enfin où croyances et superstitions se mêlaient, alimentaient l'imaginaire spirituel de nos paysans.

Parfois, rompant la monotonie du quotidien, des colporteurs musicaux passaient de maison en maison pour proposer une animation. Après avoir rameuté les voisins les plus proches, la ferme se transformait alors en cabaret improvisé. Ces artistes composaient des chansons en patois sur les faits divers locaux qu'ils chantaient avec bonheur, sans attendre en retour plus que le gîte et le couvert le temps d'une soirée.

L'existence de Jean se déroula ainsi. Ses horizons étaient ceux de son Aubrac, ses préoccupations n'étaient que celles du lendemain, nourrir sa famille, soigner son cheptel, entretenir sa terre. Ses bonheurs étaient simples, faits de menues satisfactions, au jour le jour. Voir grandir ses enfants, fréquenter ses amis, manger à sa faim et le mieux possible, boire du vin et prendre les menus plaisirs lorsqu'ils se présentaient. La vie, comme le vin, procure des joies qu'il faut savoir savourer par petits coups : à chaque châtaigne sa petite lampée.

Quelle trace ce modeste montagnol du XIXe siècle aura-t-il laissé derrière lui ? Sans nul doute celle d'un être simple, travailleur fidèle à son terroir, animé de sa volonté d'indépendance, aux ambitions mesurées. Sa famille et sa terre se confondaient, à sa demeure il avait donné une âme.

Ainsi se résume l'héritage laissé par Jean Vert, maître paysan du Fournigal.

*

* *

Chapitre Quatre
1972

À Bordeaux notre équipe se vit soudainement aspirée par ses nouvelles occupations. Réunion des associés, budget prévisionnel, planning des travaux, rapport de la gérance etc. Pleins d'enthousiasme nous saisissions là le prétexte à notre émancipation. Écoliers hier, gestionnaires d'un patrimoine aujourd'hui.

Les escapades à Fournigal s'organisèrent, on rameuta tous les amis, qui ne se firent pas prier, pour des séjours de chantiers joyeux en Aveyron. À chaque vacance scolaire, on se retrouvait à dix, douze, parfois quinze, dans la plus grande improvisation et un inconfort total, pour engager les travaux les plus urgents. Les conditions de vie spartiates, sans électricité ni eau courante, sans chauffage, étaient d'évidence un argument de poids pour convier bon nombre d'amis étudiants, en quête d'authenticité.

Dès le premier séjour Malis, fraîchement inscrit en école d'architecture prit en main la direction des opérations techniques, voyant là le moyen de réaliser à bon compte ses travaux pratiques. Sans doute ne lui était-il pas désagréable par ailleurs d'asseoir son ascendant dans un domaine qui pour les six autres, pauvres béotiens, relevait de compétences inaccessibles.

Il n'eût pour autant pas été indispensable pour débuter notre éducation de stigmatiser la différence entre la pane sablière et l'arbalétrier dont l'ignorance n'avait jusque-là nullement perturbé notre existence. Mais l'utilisation répétée de cette terminologie technique lui fit gagner sur le champ notre confiance aveugle et notre respect dans ses prescriptions.

Après avoir levé toutes les cotes, tracé le plan des bâtiments et sondé poutres et murs, il prit doctement l'attitude de l'expert, mâtiné de maquignon, et livra sa sentence :

– Le gros œuvre est bon, les murs sont inébranlables, la charpente n'est que superficiellement attaquée. Pour les toitures il faudra intervenir mais on s'en débrouillera. Ça ne doit pas être sorcier de couvrir en lauzes, j'ai déjà fait ça sur une grange dans les Pyrénées avec des potes, on s'en débrouillera. Mais p… les gars, ils savaient bâtir les anciens ! Enfin, ils avaient tendance à sur-dimensionner quand même…

S'ensuivit une discussion acharnée sur le choix des travaux de première urgence. Que devait-on préserver, que devait-on abattre, par quoi commencer et comment s'y prendre ? Chacun s'acharna à défendre son point de vue car, comme on le sait, il faut savoir s'affirmer lorsque l'on a vingt ans. Pour finir un consensus se fit sur la décision la plus radicale : à l'intérieur de la maison tout était à jeter. Donc on cassait tout et on repartait sur des bases saines.

Nous, les béotiens, nous étions naturellement séduits par ce premier chantier qui paraissait à notre portée. Une formation particulière ne nous parut pas nécessaire pour le maniement des outils qui nous furent confiés : marteaux, masses, pieds de biche, arrache-clous, cognées. La scène fut digne d'un abordage, les sabres en moins. Les cloisons en bois n'offrirent aucune résistance, les lits clos, décrétés vermoulus et irrécupérables, quel dommage, volèrent en éclats ainsi que les placards d'origine, confectionnés sur mesure et qui faisaient corps avec le sol et les murs. Les planchers nous imposèrent par contre le respect. Les coups assénés avec la plus grande violence rebondissaient sur ces planches en chêne épaisses de plusieurs centimètres, aussi dures que du fer. Les arracher était la seule solution. Mais les pointes ou les chevilles enfoncées depuis cent cinquante ans dans ce bois imputrescible semblaient nous attendre en nous narguant. Les premiers manches de marteaux, utilisés pour faire levier, se brisèrent. Le pied-de-biche resta sans effet et il fallut utiliser un bras de levier de plus de deux mètres pour parvenir à nos fins.

Dans la cour brûlait un feu immense dont l'épaisse fumée rendait l'atmosphère irrespirable. Pour se donner du cœur une musique assourdissante se dégageait d'une radio-cassette posée sur un muret, essaimant les stridences de Deep Purple, Santana, Pink-Floyd...

Au soir nous n'étions plus que silhouettes errantes, rompues de fatigue, à la peau et la tignasse uniformément grises de poussière. Pas de salle de bain, pas de douche, pas d'eau courante, une seule solution s'imposait. Tout le monde embarqua dans les voitures pour le lac, distant de trois kilomètres. Le plongeon, salvateur, revigora l'équipe qui troubla alors par ses cris, ses rires, ses courses et ses éclaboussures le calme enchanteur de ces eaux vivifiantes. Que poissons et pêcheurs nous pardonnent si ce soir-là l'écume qui y flotta avait des odeurs de savon, des relents de shampooing. Que les paysans et leurs compagnes ne nous en veuillent pas si, rentrant des champs, leur regard accrocha un instant l'image de sept éphèbes sortant de l'eau entièrement dénudés. La purification s'était accomplie.

*

* *

Comme nous l'avons dit la maison ne disposait d'aucun équipement propice à la toilette. Tant que nous fûmes entre garçons, nous nous accommodâmes facilement de cette contrainte : à la guerre comme à la guerre, disent les militaires. Mais le groupe s'élargissant, se féminisant également au cours des séjours successifs, il convenait de mettre en place des solutions permettant d'assurer à tous un minimum d'hygiène.

La fantaisie malgré tout restait le propre de notre adaptation à ces conditions de vie. Pour le lavage les récipients les plus divers furent utilisés. Les bassines et cuvettes, les brocs, accessoires anciens relégués dans les greniers ou caves de nos familles furent réquisitionnés et retrouvèrent leurs heures de gloire. Cela allait des plus utilitaires, en zinc ou émaillés, aux plus raffinés, porcelaines à fleurs, bleus ou roses, aux motifs parfois si romantiques.

Certains d'entre nous rechignaient au minimalisme de la toilette par morceaux successifs et n'hésitaient pas à se préparer un bain dans le grand abreuvoir en pierre de la cour. La préparation nécessitait de hisser de nombreux seaux à la corde du puits, mais l'eau en étant glacée, il était nécessaire de la laisser se réchauffer plusieurs heures au soleil. Ils s'abandonnaient ensuite au bonheur d'un bain apaisant, pris dans la plus belle salle de bain qui soit, la nature à l'état brut. Dire que leurs corps n'étaient pas exempts de quelques rougeurs à leur sortie de l'eau serait mentir car le contact de la peau avec le granit était tout de même pour le moins irritant.

Dans tous les cas l'apprentissage d'un usage parcimonieux de l'eau se fit naturellement. Lorsque chaque seau utilisé signifie d'en puiser un nouveau au fond d'un puits profond de quinze bons mètres on devient calculateur. On apprend vite à ne pas gaspiller, à réutiliser l'eau de lavage des légumes, à en mesurer strictement la quantité nécessaire à chaque usage.

Pour les toilettes, je veux dire les water-closets en langage moderne, le problème était simple : il n'y en n'avait pas ou plutôt selon notre expression, il y en avait partout.

– Est-ce que tu peux me dire où sont les w.c. ? demandait le novice, en général une novice, peu après son arrivée.

– Et bien, tout autour de toi ! répondions-nous en balayant l'espace d'un geste circulaire.

Chacun s'adaptait alors à sa manière, s'éloignant pensif et solitaire dans la campagne environnante, mais la plupart se raccrochaient en fait à l'espoir d'une période placée sous le signe de la constipation. Pour tout dire nous comprîmes vite que l'inconfort de la situation n'était pas concevable dans un lieu si propice au bien-être. Un accessoire fut donc rapidement mis en service pour apporter son secours aux natures les plus délicates.

Nous avions trouvé sur une décharge une superbe chaise de style Récamier, en excellent état, si ce n'était le fait que l'assise en était détériorée. Cela ne pouvait mieux servir nos desseins : deux planches y furent clouées qui laissaient un espace libre en son milieu. Il s'agissait donc d'un siège-pot, mais sans fond, et sans pot, à utiliser directement dans le coin de nature que l'on avait le choix de sélectionner. Lorsque le besoin l'exigeait il suffisait de se saisir de la dite chaise, remisée dans la grange, et de l'emporter sous le bras vers un lieu de la forêt, une clairière, un promontoire, selon les goûts, transformant ainsi en moment agréable cette petite contrainte habituellement vécue dans l'exiguïté d'un placard fermé à double tour. Dans l'immobilisme des quelques minutes passées alors sur cette chaise la communion avec la nature était telle qu'il n'était pas rare qu'un oiseau vint se poser sur la branche la plus proche, emplissant l'air de son chant mélodieux !

*

*   *

Fraîchement instruit des œuvres contemporaines de ses nouveaux maîtres Malis imprima une influence créatrice au groupe, se projetant probablement dans son esprit dans l'aménagement d'une sorte de loft néo-campagnard dont subsistent malheureusement encore certains effets.

La grande force de son imagination débordante était de parvenir à traduire à hauteur de nos faibles moyens financiers la vision qu'il avait d'une architecture contemporaine, sobre et dépouillée, en décalage avec la rudesse des structures de notre maison. Pour les sols voyait-il des planchers superbes à larges lames de chêne simplement cirées que nous achetions à la scierie des planches de sapin non rabotées, ce qui nous interdisait absolument d'y marcher nu-pieds au risque de devoir retirer à la pince à épiler les nombreuses échardes qui s'y seraient plantées.

Au rez-de-chaussée nous décidâmes d'installer cuisine et salle de séjour réunies en une unique pièce à vivre. On ne pouvait bien évidemment se satisfaire d'un sol en terre battue. Les techniques d'aujourd'hui permettent d'utiliser le béton comme élément décoratif : béton lissé, vibré, ciré. Malis rêvait certainement de ce type de finition, à l'esthétique sobre et élégante. Nous fîmes donc du béton, à la pelle, avec un sable grossier, à la granulométrie irrégulière, au dosage incertain. Conscient de l'insuffisance de cette triste maçonnerie il eût l'idée de génie d'y inclure des rondelles de bois, issues de troncs d'arbres que nous fîmes découper en tranches par notre scieur, cette fois-ci incrédule, et qui vinrent s'inscrire comme des pavés à la surface du béton lissé. Hélas le temps du séchage le bois, matériau léger par excellence, eût tendance à remonter, à quitter la planimétrie qui lui avait tant bien que mal été imposée, ce qui donna pour résultat un sol quelque peu chaotique qui eût raison à tout jamais de l'équilibre du moindre meuble qui y fut placé.

L'aménagement de ce rez-de-chaussée imposait qu'y fut créée une cheminée. Influencés par la mode du moment nous votâmes pour une hotte en tôle. Les mesures qui furent prises durent être approximatives car lorsque nous ramenâmes de Bordeaux, lors d'un séjour suivant, l'ensemble conduit et hotte que nous y avions fait pré-fabriquer à peu de frais, nous dûmes nous rendre à l'évidence que se posaient de sérieux problèmes d'ajustage.

Les côtés du conduit, qui devaient permettre de se raccorder à la cheminée existant au premier étage étaient beaucoup trop larges et ne passaient pas dans l'espace laissé entre la poutre et le mur. Qu'à cela ne tienne, selon Malis notre architecte en herbe pour qui rien ne constituait un problème, il suffisait d'entailler le mur pour retrouver l'aisance qui nous manquait. Mais il n'avait dû jusque-là n'avoir à faire qu'à nos pierres de Gironde, fragiles, friables, que l'on entame aisément au moindre coup de ciseau et dont les tailleurs se régalent pour façonner les décors de façades jusque sur les maisons les plus modestes.

Il n'imaginait pas à quel point le granit dont la maison était construite, était rétif à toute idée de taille ou de façonnage, combien il était retors, sournois, inébranlable. Avions nous seulement remarqué qu'aucune des pierres utilisées pour la construction locale ne ressemblait à une autre, que la sagesse voulait que l'on s'adapte à elle plutôt que de vouloir la transformer, que les murs n'étaient en fait qu'un savant calage fait de moellons hétéroclites dont les formes diverses étaient utilisées intelligemment telles les pièces d'un puzzle, se bloquant les uns contre les autres sans laisser trop d'interstices ?

À nos dépens nous apprîmes vite à le comprendre : essayez de frapper des minutes entières, comme un forcené sur la pierre de granit, la pierre noire comme elle est désignée ici, qu'il n'y apparaît au mieux qu'un léger écaillage, ou alors à l'inverse qu'elle ne vienne à se briser en deux, sans signe annonciateur et, bien évidemment, nullement à l'endroit souhaité. Toutes formes de pics ou de ciseaux furent essayées, des plats, des pointus, des larges, des minces, des courts, des longs, sans plus de réussite. Sur nos mains malhabiles le marteau parfois venait s'écraser, ajoutant la douleur à la honte et à l'exaspération.

Mais notre persévérance fut tout de même récompensée et, après bien des efforts, l'immense hotte en tôle noire prit enfin son logement. Elle était effectivement très large car nous n'envisagions pas de faire autre chose que des feux immenses autour desquels les nombreux convives trouveraient toujours leur place. Nous avions dû toutefois mal apprécier les proportions de cet équipement aux lignes modernes qui en soi devait être le monument central de cette pièce. Nous l'avions imaginé mettant en valeur par ses dimensions le spectacle des flammes et rayonnant par la chaleur qu'il diffuserait plusieurs mètres alentour.

Hélas, la tôle descendait si bas que l'on ne pouvait bénéficier des bienfaits du feu que si l'on n'était quasiment assis à même le sol. Étant debout, on ne voyait rien d'autre qu'une façade de ferraille et ressentions à peine au niveau des jambes la chaleur diffusée par les flammes !

*

*　　*

Les toitures, il fallait bien se l'avouer, laissaient apparaître des grands signes de fatigue. Avec le temps une sorte de houle s'était emparée d'elles et les creux visibles à chaque intervalle situé entre deux poutres étaient révélateurs de l'état de fatigue des voliges courbant sous le poids des lauzes. Ces déformations avaient pour conséquence le décrochage des ardoises que l'on retrouvait à même le sol autour de la maison ou de la grange.

Dubitatifs nous réfléchissions à un plan d'action qui devenait d'autant plus urgent à mettre en œuvre qu'il était difficile, les soirs de pluie, de trouver un espace de plancher suffisamment épargné par les gouttières pour pouvoir y déposer sa paillasse.

La forte inclinaison des toits nous était inhabituelle et les premières incursions que nous y fîmes nous permirent de comprendre immédiatement qu'un équipement spécifique était de rigueur. Nous aurions beaucoup gagné à aller observer, pour nous en inspirer, les gestes des professionnels de cette spécialité. Mais notre candeur et notre prétention nous en dispensèrent et nous nous lançâmes alors à corps perdu, expression divinatoire qui prend là tout son sens, dans l'ascension de nos toitures. Un harnais avait été bricolé avec une corde, qui nous broyait la poitrine lorsque à mi-pente, nous nous libérions les mains pour nous emparer de nos outils et nous préparer à refixer une lauze. Nous étions alors fléchis en avant, la pente nous imposant d'être sur la pointe des pieds, position extrêmement inconfortable. Au moindre mouvement nous perdions notre équilibre et partions d'un côté ou de l'autre, perdant nos appuis et interrompant le travail de nos mains. La position sur les genoux étant plus stable nous parvenions à positionner la lauze à remplacer et à empoigner le marteau pris dans notre ceinture pour planter la pointe à large tête qui permettrait de la tenir. Là alors nous pensions toucher au but de notre sauvetage. Mais planter une pointe dans une planche de chêne durcie et desséchée par les siècles relève de la gageure. Si par bonheur la pointe ne se tordait pas, l'ébranlement du toit provoqué par les coups redoublés portés sur cet ensemble particulièrement souple, entraînait le décrochage en chaîne de nombreuses autres ardoises qui glissaient en prenant de la vitesse sur le toit, puis prenaient leur envol, telles un sauteur à ski au tremplin olympique, pour atterrir dans un bruit sourd sur le sol de la cour. Inutile de dire que toute présence y était interdite tant les risques de décapitation étaient importants. Dépités, les membres tétanisés par l'effort, nous pouvions alors redescendre de notre toit et constater l'ampleur des dégâts que nous y avions provoqués.

*

*   *

– Eh les gars, on n'y voit vraiment rien dans cette grotte. C'est pas vrai, je suis en train de manger les toiles d'araignée qui sont tombées dans mon assiette ! s'exclama Jean-Marc quand il comprit à quoi il fallait attribuer la saveur et la consistance particulière des mets qu'il était en train d'engloutir à pleine fourchette.

Toute la tablée s'esclaffa.

– Et toi, Jacques, fais gaffe, c'est pas de la chapelure que tu as sur tes pâtes, c'est la sciure qui tombe des poutres.

– Vous plaisantez les mecs, mais c'est vrai qu'on n'y voit rien. Il faut faire quelque chose. On ne peut pas vivre à la bougie du matin jusqu'au soir.

Le fait est que la pièce n'était éclairée que par une seule petite fenêtre, munie de barreaux. Dès que l'on refermait la porte, la pénombre la plus totale enveloppait les lieux. Si l'on ajoute à cela que les pierres constituant les murs étaient noires de crasse et de moisissure, l'atmosphère étant rendue humide par l'eau qui sourdait du rocher affleurant au fond de la pièce, l'on admettra alors que la dénomination de grotte, déjà adoptée pour nommer ce rez-de-chaussée, n'avait rien d'usurpée.

– Dommage que les murs soient aussi épais, sinon on aurait pu percer une fenêtre.

– On va se gêner ! s'exclama Malis. Faites-moi confiance, c'est tout à fait réalisable. La technique, c'est de mettre en place des étais et des pièces de bois qui fassent linteau au fur et à mesure que l'on dégage les pierres. Allez, on s'y met tout de suite.

C'est ainsi que fonctionnait notre chantier. L'inspiration du moment était toujours prioritaire sur les plans d'action qui avaient été élaborés au prix d'heures de discussions et les missions d'apparence impossibles avaient toujours notre préférence.

En avant les barres à mine, les piochons, la masse et les bastings. En moins d'une après-midi une fenêtre rectangulaire était ouverte dans le mur pignon. La maison étant encastrée dans un terrain en pente, ce vasistas, bien qu'étant à hauteur des yeux lorsque nous étions à l'intérieur, avait la particularité de se trouver au niveau du sol à l'extérieur. L'excavation fut faite avec la maîtrise des amateurs, aussi le mur, dont l'épaisseur ne fait pas moins de 0,90 m, fut-il quelque peu ébranlé, des lézardes apparaissant dans sa partie supérieure. Malgré tout l'opération fut assimilée à un fait héroïque, qui restera dans les mémoires comme l'acte majeur de ce séjour.

La luminosité qu'il apporta était surtout sensible en fin de journée, avec le soleil couchant dont les rayons, touchant la ligne d'horizon, se trouvaient alors à hauteur de cette ouverture si basse, illuminant soudain la pièce durant… au moins l'espace d'un quart d'heure.

Que dire de cette fenêtre d'apparence moderne, sinon qu'elle est en contradiction totale avec l'esprit des fenestrous, toujours plus hauts que larges, qui perçaient en quelques points, et toujours sur le côté du sud, les façades des fermes de la contrée. Au bout du compte cette position très basse, masquée par la végétation, relativise cette incongruité, sauvée par sa discrétion.

Des meubles du passé il ne restait rien après qu'eut été réalisée notre œuvre purificatrice mais combien destructrice. C'est avec les moyens du bord que l'on confectionna les éléments indispensables à la vie quotidienne. Le bois restant de nos planchers servit à faire des bancs, peints de couleurs éclatantes, jaune, rouge, bleu.

Nous ne disposions pas de table pour prendre les repas et en transporter une, qui plus est de grande taille cela allait de soi, n'était guère envisageable avec les véhicules dont nous disposions. Qu'à cela ne tienne, l'ingéniosité vola à notre secours démontrant que tel Robinson sur son île nous pouvions avec peu de moyens recréer les instruments nécessaires à notre vie quotidienne.

Nous avions de la corde et nous disposions d'une grande porte récupérée de nos démolitions. Une table suspendue prit place dans notre séjour, qui par un jeu d'entrelacs savamment orchestrés ne se laissait aller à aucun balancement. Nous fûmes d'accord pour dire que le modèle avait un grand avenir car il présentait l'avantage immense qu'aucun convive n'avait à subir la contrainte d'un pied mal placé. Quel progrès pour l'Humanité !

Pour les lits, les matelas disposés à même le sol faisaient amplement l'affaire, chacun disposant alors d'une caisse ou d'un parpaing pour constituer sa table de chevet et pouvoir y déposer sa chandelle. Le premier étage, simple plateau aménagé en pièce unique, devenait alors un dortoir qui, aux soirs des grands rassemblements, ne constituait plus qu'un immense couchage, les matelas se trouvant serrés les uns contre les autres formant comme un tatami de judoka. Amateurs d'intimité prière de s'abstenir !

Nul n'en paraissait gêné et c'est bien par cette étroite cohabitation que l'idée de communauté, chère aux sociologues, prit tout son sens. Communauté reconstituée seulement le temps de vacances certes, mais ô combien chaleureuse, combien riche d'amitié, de générosité, de joie et d'insouciance.

La musique, constamment présente, fournissait au groupe la nourriture indispensable à son activité. Nous savions tous plus ou moins jouer de la guitare et les interruptions étaient fréquentes dans la journée pour gratter un morceau, s'enseigner un rythme, improviser à plusieurs. Du reste Jacques et Jean-Marc consacraient l'essentiel de leur temps à leurs instruments, devenus comme un prolongement de leurs propres personnalités. Ils les empoignaient dès le petit-déjeuner et ne les abandonnaient que le soir pour aller se coucher. Si leurs bras pouvaient manquer souvent dans l'accomplissement de nos chantiers, du moins participaient-ils à maintenir le moral des troupes par leurs mélodies ininterrompues.

La morosité n'était pas de mise et d'immenses éclats de rire envahissaient fréquemment notre espace. Le soir, épuisés par nos travaux colossaux, nous nous abandonnions à la torpeur du coin du feu, l'âme tranquille, serrés les uns contre les autres, fiers d'appartenir à ce curieux phalanstère, en modestes héritiers de Mai 68.

« C'est une maison bleue
Adossée à la colline
On y vient à pied
On ne frappe pas
Ceux qui vivent là
Ont jeté la clé…

… Nageant dans le brouillard
Enlacés roulant dans l'herbe
On écoutera
Tom à la guitare
Phil à la kena
Jusqu'à la nuit noire… »

Maxime Le Forestier

*
* *

Chapitre Cinq
1850 – 1910

Dans la deuxième moitié de ce siècle l'existence des habitants de Fournigal dut prendre un tour nouveau. Minés par une misère endémique, l'ingratitude de la terre et les nombreuses bouches à nourrir, les descendants de Jean Vert durent, comme la plupart des Aveyronnais, recourir à des activités nouvelles pour assurer leur subsistance. Mis à mal par plusieurs années de mauvaises récoltes, les principes de vie autarcique où l'argent compte peu puisque l'on produit l'essentiel des denrées nécessaires à ses propres besoins, avaient atteint leurs limites. Il fallut alors envisager des solutions nouvelles pour apporter dans le ménage le salaire qui ferait vivre toute la maisonnée.

On s'ingénia donc à occuper au mieux la morte-saison, de Novembre à Avril. La dureté de l'hiver paralysait la vie agricole et les déplacements, et les menues besognes de la ferme pouvaient alors être accomplies par les femmes, aidées des enfants.

Des hivers terribles marquèrent cette époque, si rudes que se déplacer devenait impossible. Quelques faits divers en témoignent. En 1840, la veille de Noël, deux paysans de Born voulurent braver la neige et périrent, désorientés par la tourmente : on retrouva leurs corps treize jours plus tard, en partie dévorés par les loups. On rapporte aussi que dans un village, une coulée de neige avait emporté une grange dans la nuit du 31 janvier 1842, tuant trente vaches et une soixantaine de moutons.

L'événement le plus dramatique survenu dans la région remonte au 18 février 1845 à La Molière. La neige, violemment poussée par un vent de nord-ouest du plateau vers la pente où s'accrochait le hameau, écrasa quatre maisons. On déplora onze morts.

Le danger de la neige sur ces altitudes est réel, les jours où elle vole et tourbillonne en tourmente, happée par le vent. Ce vent-là c'est l'écir. Il fait frissonner les maisons, siffle inlassablement, comble les chemins creux, ramasse des congères de plusieurs mètres dans les terrains en contrebas, au dos des murailles, aveugle le voyageur et recouvre toutes choses d'une blancheur qui fait perdre le sens de l'orientation. Il n'était pas inouï alors d'entendre raconter qu'une personne s'était perdue en regagnant son logis et était morte d'épuisement et de froid. Les maisons isolées, telle que l'est Fournigal, attendaient avec impatience le retour des leurs qui étaient allés aux provisions ou à leurs affaires.

*

* *

Quoique repliés sur eux-mêmes et semblant vivre hors du temps, les Rouergats surent s'ouvrir au monde extérieur et s'engager dans des mouvements de migrations saisonnières, à la recherche de ressources d'appoint. Prenant la scie, la hache ou la pioche, on partait trimarder dans des plaines plus clémentes.

Ainsi Fournigal était-elle abandonnée chaque année durant plusieurs mois par ses hommes. S'enhardissant de saison en saison ceux-ci descendaient vers l'Albigeois, puis le Toulousain et finirent par passer les frontières et se rendre jusqu'en Catalogne. Ils avaient appris le métier de ressaïre dont les Rouergats s'étaient faits une spécialité. Cette besogne demandait ardeur et courage et répugnait aux gens du Midi. La vie était rude. On dormait le plus souvent à la belle étoile dans les forêts, au bord des routes, parfois dans une grange. Les journées de travail étaient monotones et interminables. Les équipes de trois étaient constituées dès le départ du village et un accord de solidarité était scellé devant notaire. « Aller à la scie » fascinait les garçons de la maison qui, dès seize ou dix-sept ans, voulaient accompagner leur père. Ce fut le début d'une longue suite de campagnes hivernales. Au printemps la troupe joyeuse regagnait avec enthousiasme le village. Chacun était riche alors des quelque quarante ou cinquante écus qui assureraient un peu d'aisance à la famille pour les mois à venir. Ce pécule rejoignait alors la cassette ingénieusement dissimulée dans un mur ou sous un plancher.

Fiers de la cagnotte amassée les hommes se retrouvaient à l'auberge le dimanche, au sortir de la messe. Un pintou en appelant un autre le ton montait souvent et les souvenirs ramenés de leur périple se trouvaient enjolivés, déformés, touchant au sensationnel, au spectaculaire dont ils se glorifiaient pour mieux se valoriser auprès de ceux qui restaient.

Quoi de mieux pour épater la galerie que d'exhiber alors une de ces navajas ramenée de Catalogne. Ce couteau à la forme élégante, pratique car il pouvait se replier, n'avait rien de commun avec le modeste capuchadou, à lame fixe, qu'utilisaient les paysans rouergats dans leurs tâches quotidiennes.

Pour certains cette découverte fut une révélation. Un habile artisan Laguiolais se pencha avec passion sur ces navajas et en conçut ce qui allait devenir plus tard l'emblème local. Il élabora un mécanisme simple et robuste qui permettait, par l'emploi d'un ressort au métal plus souple que celui de la lame, de pouvoir fermement replier l'ustensile pour le glisser dans la poche de son gilet ou de son pantalon. L'eau du pays faisait merveille pour garantir au métal, par la trempe qui lui était prodiguée au sortir de la forge, toute la dureté et la robustesse voulue.

Pour en habiller le manche le choix de la corne s'imposait car cette matière première abondait dans ce pays d'élevage. L'usage du laiton enfin, utilisé pour les mitres qui viennent rehausser la noblesse de la corne, conférait à l'ensemble une élégance sobre et raffinée.

Le couteau de Laguiole était né, qui traversera les époques sans jamais varier de sa forme traditionnelle, issue du fameux couteau Catalan.

Il serait dorénavant le compagnon permanent et le signe de ralliement de tout Aveyronnais. C'était avant tout un outil de paysan, sa lame pouvant tailler des branches dans les taillis et des bâtons de foire, rogner le sabot des vaches et fendre des feuillards pour les paniers et les fûts. Son usage est multiple à la ferme puisqu'il ponctue, entre autres, le début et la fin du repas. Après le bénédicité le chef de famille trace un signe de croix sur la miche de pain avant de l'entamer. À l'issue du dîner et du souper, d'un claquement sec de la lame, il signifie aux femmes qu'elles peuvent desservir. Le geste commande aux hommes, valets de ferme et domestiques, de se lever aussitôt.

> « Robuste et essentiellement pacifique
> Vrai produit de Laguiole qui le fabrique
> Forgé dans un acier d'une trempe très dure,
> La corne agrémentée de diverses nervures,
> Toujours prêt à servir aux besoins de chacun,
> On le trouve dans sa poche au moment opportun,
> Spécifiquement auvergnat de race,
> Parmi les plus beaux, il retrouve sa place,
> Lame, poinçon, tire-bouchon, réunis en un seul,
> Quand on est Laguiolais on l'ouvre avec orgueil. »

Mais cet insecte qui en décore le manche, comment peut-on le qualifier ? Mouche ou abeille ? Sur ce sujet des générations se sont opposées et le débat est loin d'être tranché. Les tenants de l'abeille rappellent la faveur accordée par l'Empereur si satisfait de certains de ses grognards Laguiolais qu'il leur accorda l'usage de l'emblème impérial. Ceux de la mouche font appel au bon sens et rappellent combien est présent dans l'univers du vacher l'insecte qui bourdonne autour du troupeau. Quoi de plus naturel alors que ce couteau de paysan s'orne de ce symbole.

*

* *

C'est à cette période qu'une forge fut installée à Fournigal. Est-ce au cours de ses nombreux voyages que le nouveau maître des lieux acquit le savoir-faire et le tour de main qui font le prestige de cette profession ? Il y vit tout au moins un moyen complémentaire de subvenir aux besoins de sa famille, en développant une activité qu'il pouvait réaliser sur place, à la ferme, et qui lui permettait de continuer à en assurer la conduite avec l'aide des siens. Par ailleurs le positionnement de Fournigal, en bordure du chemin qu'empruntaient bon nombre d'attelages allant de Laguiole au Nayrac, à Entraygues ou à Saint-Amand-Des-Cots était providentiel.

La forge fut installée dans la grange, un lourd soufflet en bois actionné par une poulie prenant place devant le foyer métallique. En Aubrac le forgeron était non seulement maréchal-ferrant, mais également un peu vétérinaire puisqu'il devait savoir soigner les bêtes qu'il lui arrivait parfois de blesser par inadvertance. Cette compétence lui permettait d'acquérir une grande estime dans le voisinage, car il était souvent sollicité pour soigner toutes sortes d'affections des pieds, de plaies causées par les clous ou les fers qui blessent et autres blessures variées.

La forge ne manquait pas de pittoresque et était perpétuellement animée de mouvement, arrivée d'attelages, départ d'animaux ferrés de neuf, manœuvres plus ou moins bien maîtrisées de bêtes indociles ou stressées par le traitement qui les attendait. L'animal était maintenu dans la cour par des aides bénévoles, le forgeron courant au foyer puis revenant avec au bout de ses pinces un fer rougeoyant, fabriqué à la taille voulue. Cela mettait beaucoup de vie dans la petite ferme qui était ainsi devenue un lieu de rencontres où l'on appréciait de mener ses animaux et de rester un moment. Les conversations allaient bon train ce qui permettait d'avoir des nouvelles de tout le canton. Quand il ne travaillait pas chez lui, le fabre[12] parcourait la campagne, se rendant dans les grosses fermes et dans les hameaux pour servir sa clientèle, portant ses outils en bandoulière dans une robuste musette.

*

* *

À ce moment-là l'émigration s'imposa comme une nécessité, si l'on voulait survivre et que l'on acceptât pour ce faire de s'éloigner de ses terres ancestrales. Il fallait alors s'arracher à cette société rurale, trop longtemps repliée sur elle-même, laisser ses proches et partir rechercher un emploi qui garantisse les moyens de son existence, ce que la terre n'était plus à même d'assurer. Il fallait se rendre à l'évidence : les propriétés, trop morcelées, aux rendements trop limités, n'offraient plus ni perspectives d'avenir, ni seulement la satisfaction des besoins quotidiens pour la famille paysanne.

Les mouvements de migrations saisonnières avaient été un signe annonciateur. Ils avaient permis à bon nombre de rouergats de découvrir qu'au-delà de leurs montagnes une vie plus libre pouvait être promise où en échange d'un travail effectué avec vaillance une rémunération était acquise, et même que l'espoir pouvait être entretenu de parvenir à une situation stable et reconnue, où l'esprit d'entreprise permettait aux plus intrépides de créer leur affaire et de la faire fructifier.

---

12. Maître forgeron.

Des villages entiers se vidèrent au gré de courants migratoires qui entraînaient les moins téméraires à suivre la trace des pionniers qui n'étaient autres que leurs voisins, leurs cousins, avec qui ils reconstituaient leur communauté parfois à des centaines ou des milliers de kilomètres de leurs origines. Ce fut d'abord le midi qui attira ces migrants, puis Paris, naturellement, pour le potentiel d'emplois qu'offrait la capitale, mais aussi des destinations qui dépassaient les limites de nos frontières, entraînant ces familles jusqu'en Afrique ou en Amérique du Sud. Le mal du pays était ainsi atténué par le fait de rester entre proches, unis, solidaires, empreints de la même culture et toujours liés malgré la distance par leurs origines. Ceux qui étaient atteints par la maladie ou les difficultés trouvaient toujours du soutien chez leurs compatriotes qui jamais n'auraient laissé sans secours un « pays ».

Paris bien sûr fut la destination principale d'une émigration qui ne se voulut d'abord que temporaire. Le clergé avait bien tenté de retenir ses fidèles au pays, il condamnait cet exode parisien, prétendant que franchir les portes de la capitale entraînait sur le champ de perdre sa foi. On partait malgré tout pour un nombre d'années limitées dont la durée était proportionnelle au montant de la cagnotte que l'on avait prévu de se constituer en vue de revenir s'établir au pays, y acheter quelques terres et se marier. Les Aveyronnais, robustes et courageux, n'hésitaient pas alors à accomplir les besognes les plus ingrates et les plus exigeantes physiquement. Le métier de porteur d'eau leur échut tout naturellement puisqu'il exigeait robustesse physique et sens du service. Il ne nécessitait ni frais d'installation, ni qualification particulière. Les immeubles étant alors dépourvus d'un réseau d'eau courante on montait à bras d'hommes l'eau puisée aux puits et fontaines municipales jusque dans les cuisines où les ménagères constituaient leurs réserves. Chez les bourgeois c'était aussi l'eau chaude que l'on faisait livrer au moment de son bain.

Devant la réussite de ce commerce qui n'avait à l'origine qu'une vocation temporaire, les rouergats commencèrent à se fixer dans la capitale, rejoints peu à peu par leurs familles. Les épouses, habituées qu'elles étaient à collaborer aux travaux de la ferme, mirent rapidement la main à la pâte et apportèrent leur contribution au commerce de leurs maris. Ne se contentant pas de les aider à la manutention de leurs lourdes charges elles ouvrirent un petit commerce, ajoutant la vente du charbon, logiquement complémentaire, à celle de l'eau. Les clients se rendaient à leurs boutiques pour y passer leurs commandes et se plaisaient à y passer un moment en conversant entre eux. On commença donc à leur servir du vin sur un petit comptoir puis petit à petit ces établissements mutèrent pour devenir les incontournables commerces de « Vins et Charbons » qui devinrent emblématiques de toute la communauté des aveyronnais en exil.

Ainsi ceux-ci avaient-ils su, en s'appuyant sur leurs seules qualités, se créer une activité de substitution qui allait réussir au-delà de leurs espérances, et devenir le refuge soigneusement organisé de toute une population en péril.

*

* *

Le département subit une hémorragie sans précédent tant la diminution de la population rurale était devenue une nécessité. Les campagnes se trouvaient surpeuplées et le progrès technique, l'évolution des mentalités et la politique coloniale du moment étaient autant d'arguments pour envisager de quitter sa terre. Le vieillissement de la population, chez ceux qui restaient, était devenu une réalité, notamment en Aubrac. Facteur aggravant, dans toutes les familles le célibat touchait à présent des frères ou des sœurs qui préféraient rester à l'oustal aux côtés d'un aîné ayant fondé une famille car ils craignaient en s'y engageant eux-mêmes de conduire leurs enfants à la misère. Ils se cantonnaient donc au rôle de tantes ou d'oncles s'accommodant d'un statut équivalent à celui de simples domestiques, employés bien souvent à bon compte. On rapporte que du côté de Laguiole ce mode de vie entraîna parfois des rapports si particuliers entre les membres d'une même famille qu'il conduisit, en toute naïveté, à l'inceste et l'atteinte aux bonnes mœurs.

À Fournigal pourtant, au gré des successions, on résista au mouvement migratoire et l'on parvint à maintenir la vie à la ferme en s'appuyant sur des activités complémentaires, ou des départs saisonniers, pour assurer les revenus minimums permettant de survivre. Dorénavant l'épouse avait pris en nourrice successivement plusieurs enfants de « Parisiens » débordés par le travail et qui tenaient tant à ce que leurs rejetons grandissent au pays natal.

Mais ces déplacements multiples, s'ils contribuaient à briser l'isolement, modifiaient toutefois les mentalités. Bientôt qui accepterait de vivre dans des conditions d'un tel dénuement, d'une telle âpreté, alors que tant de ses semblables avaient trouvé la réussite voire la fortune en acceptant de s'exiler vers ces contrées lointaines ?

En effet lorsqu'il a réussi dans ses affaires le bougnat n'hésite pas à revendre son fonds. Avec le bénéfice qu'il réalise il réinvestit aussitôt dans une affaire plus importante. Des syndicats d'Aveyronnais se créèrent dans la capitale, favorisant la solidarité et l'esprit d'entreprise. Et peu à peu ces commerçants travailleurs et avisés réalisèrent la conquête des cafés de Paris, animés d'un seul objectif, être patron, continuer à épargner pour acheter une affaire de plus en plus importante, et revenir au pays avec un bas de laine bien rempli. L'idéal à la revente de son commerce était « de faire la culbute », c'est-à-dire de doubler la mise. Cette performance à réaliser ne les démontait pas, se fiant à un dicton qui avait cours dans les fermes du Rouergue : « Ce qui double ne perd pas, et ce qui triple commence à gagner. » Maxime qui ne peut qu'être confortée par la suivante : « Il faut deux juifs pour faire un Aveyronnais. »

La généralisation de cet exode rural avait profondément retenti dans les campagnes car l'émigration des uns entraînait par contrecoup celle des autres, désorganisant familles et villages. Tous les villages, tous les hameaux ont ainsi vu partir nombre de leurs enfants, laissant parfois derrière eux des fermes vouées à l'abandon, car habitées seulement par des parents âgés, sans espoir de succession.

Qu'en fut-il de Fournigal ? Comme tant d'autres la vie s'en échappa. Les faibles superficies de ses terres ne lui permirent pas de résister à la révolution agricole du début du XXe siècle à laquelle, par sa taille, elle n'était plus adaptée.

Sans doute eût-il le cœur serré celui qui, un matin, en referma portes et volets, abandonnant derrière lui les rêves de Jean Vert, le montagnol.

*

* *

Chapitre Six
1972 – 1975

La veille nous étions arrivés particulièrement tard après avoir effectué notre longue route depuis Bordeaux. Il était donc huit heures, ou peut-être neuf, et nous dormions encore sur nos matelas étendus à même le sol. Dans notre torpeur nous entendîmes des coups répétés sur la porte du bas. Nul doute, ce devait être le dernier groupe d'amis qui arrivait enfin.

– Entrez, c'est ouvert ! hurla l'un de nous sans bouger de son sac de couchage. Pas plus courageux les uns que les autres, nous voulions sans broncher jouir pour un moment encore de la tiédeur du lit.

La porte s'ouvrit en grinçant. Des pas lourds se firent entendre dans l'escalier et un béret usagé, au rond de sueur marqué, apparut sous nos yeux dont l'angle de vue se trouvait limité à l'horizontalité du plancher. Sous le béret une tête, oh mais pas celle que nous nous attendions à voir apparaître, mais une de ces têtes à la peau ridée par les années, desséchée par le vent et le soleil, couperosée par la fraîcheur matinale, pigmentée par les poils d'une barbe pas rasée depuis le dimanche précédent. Se hissant jusqu'à l'étage les sabots de notre visiteur matinal se trouvaient à présent à hauteur de nos visages.

– Oh, mais c'que vous êtes bien les gars. C'est que vous êtes très bien… Ah, ben, sans vouloir vous déranger, j'vous ai porté un télégramme arrivé à la première heure.

Aucun de nous n'osait broncher, et encore moins sortir de son duvet, la pudeur nous dictant de demeurer stoïques et pleins de dignité dans notre position horizontale, plutôt que, ridicules, nous abaisser à aller quérir, en caleçon, le message qui nous était tendu par ces mains burinées. Au final le télégramme fut déposé à même le sol, suffisamment près de l'un de nous pour que nous puissions nous en saisir.

L'espace d'un instant notre embarras s'accrut lorsque, en notre for intérieur, nous nous interrogeâmes chacun sur la conduite à tenir en de pareilles circonstances. Devait-on oui ou non remettre une pièce à notre aimable coursier pour son dérangement ? Quelle qu'eut été la réponse la cause en était entendue : on ne dort pas avec son portefeuille sur soi.

C'est donc confronté à notre trouble et après nous avoir entendu bredouiller nos maigres remerciements embarrassés que notre télégraphiste prit le chemin inverse et fit à nouveau sonner ses sabots dans l'escalier avant de sortir en claquant la porte derrière lui.

– Ah c'que vous êtes bien tout de même, vingt dieux c'que vous êtes bien !

Nous n'étions pourtant pas cinquante ans en arrière mais dans ces contrées peu peuplées, éloignées d'un bourg, c'était dans chaque hameau l'un des administrés qui assurait chez lui le service du Téléphone Public et qui réceptionnait les télégrammes. Avant de partir à ses champs celui-ci avait donc pris la peine de venir, en tracteur, nous déposer en main propre notre missive. Si les usages nous avaient été inculqués nous aurions su qu'attraper alors un verre dans le buffet et lui verser un petit coup de ratafia aurait été bien plus apprécié que toute récompense sonnante et trébuchante.

Ayant ainsi découvert l'existence de ce service si peu ordinaire nous n'hésitâmes pas, en d'autres occasions, à aller frapper à la porte de sa maison, surmontée du panonceau émaillé bleu et blanc portant l'inscription Téléphone Public pour y passer nos coups de fil les plus indispensables. Ceux-ci devaient toutefois ne concerner que des appels à vocation utilitaire, dénués de toute confidentialité, car la communication se tenait dans la cuisine même, sous les yeux, et les oreilles, de la famille en train de souper. Pour les confidences et les propos intimes, prière de s'abstenir.

*

* *

Nos relations avec la population locale étaient alors très limitées. Il est un fait que l'Aveyronnais n'est pas toujours facile à aborder. Il se dit du reste, mais cela dans des ouvrages très anciens et certainement dépassés, que les étrangers ont tendance à le trouver, comme son pays, d'un abord difficile. On dit aussi qu'il est sérieux, mais rarement mélancolique, qu'il est ennemi de la flatterie et qu'il dit toujours la vérité qu'on ne lui demande pas. Au final il se prétend que dans son département il se dit moins de compliments en dix ans que dans les autres en dix jours.

Nous observions donc une prudente réserve vis-à-vis de ces voisins mais remarquions que certains, sans en avoir l'air, nous regardaient de loin, observant ce groupe qui leur paraissait plutôt étrange, qu'ils identifiaient d'emblée aux images rapportées par les télévisions, les journaux, de cette génération montante qui avait envoyé balader toutes les marques du conformisme, du conservatisme, de la tradition, qui s'était affranchie de bien des règles écrites par la société, qui s'était libérée.

Incontestablement ce mouvement, d'ampleur mondiale, était mal compris, mal accepté dans ces campagnes. Ici la tradition est trop forte pour être bousculée, la terre à laquelle on appartient est respectée, toutes générations confondues, tout comme sont respectées les coutumes et les usages ancestraux.

La richesse de la région était méconnue, incomprise et ne correspondait pas à la vogue du moment. Hormis les authentiques aveyronnais de souche, expatriés à Paris pour la plupart, nul ne songeait à venir passer des vacances dans cette campagne pauvre et arriérée.

Nous mettions donc de la couleur et de l'animation pour ceux qui nous croisaient. Au demeurant les motifs d'entrer en contact avec ces autochtones étaient maigres. Nous venions ici pour vivre entre nous et le contexte de la maison nous amenait à y demeurer en cercle fermé. Nous n'étions donc perçus que de loin, d'une façon brouillée, cadre propice au développement des fantasmes. Nous avait-on aperçus bronzant, dans des attitudes de farniente, les garçons torses nus, les filles en tenue légère, que le bruit se répandit de mœurs relâchées, de corps dénudés…

Les quelques personnes que nous étions amenés à côtoyer devenaient pourtant rapidement aimables à notre égard sans toutefois tomber dans une grande familiarité.

Pour nous attirer leurs faveurs nous avions développé un stratagème qui chaque fois nous réussissait pleinement. Ayant compris que pour ces amateurs de bonne table le vin de Bordeaux avait valeur de nectar, de produit de luxe qu'ils n'avaient la chance d'approcher qu'en de rares occasions, nous avions toujours avec nous deux ou trois bouteilles de vin vieux qui quelque part devinrent notre passeport, notre ambassadeur.

Dès lors que nous avions affaire à la scierie, au menuisier, au marchand de matériaux, ceux-ci, curieux, commençaient par nous questionner habilement sur nos origines. Évoquant Bordeaux, ses attraits, les contraintes de la grande ville, sa campagne sans relief et uniformément dédiée à la culture de la vigne, nous leur laissions au moment de partir une bouteille qui, comme par hasard, traînait au fond de notre voiture.

– Vous goûterez celui-là et nous direz ce que vous en pensez.

À la visite suivante nous étions accueillis d'un sourire franc et jovial. Il nous semblait alors distinguer que les pupilles de nos interlocuteurs se déformaient bizarrement, prenant en nous voyant la forme oblongue d'un frontignan. Reconnaissons que cela nous valut beaucoup de générosité. Les « pensez donc c'est rien du tout » au moment où nous attrapions notre portefeuille, ou bien les « on verra ça la prochaine fois » devenaient monnaie courante. La prochaine fois, justement, nous revenions avec une ou deux bouteilles

« pour vous remercier encore une fois » et nous repartions à nouveau bien servis.

Nous donnions dans la conversation quelques détails sur nos conditions de vie spartiates à Fournigal, cela nous grandissait car nous étions alors considérés comme l'un des leurs, indifférents comme eux à la rusticité de la vie quotidienne.

– Et vous n'avez pas l'électricité ? Ah, ben ça alors. Comme mon grand-père qui n'a bien voulu l'accepter qu'en 53, et encore c'était pour s'occuper des bêtes à l'étable.

*

* *

En réalité il faut bien le dire nous rencontrions des difficultés réelles à engager et tenir une conversation avec les gens du pays. Certes les sujets n'étaient pas toujours faciles à alimenter, nos centres d'intérêt divergeant singulièrement des leurs. Mais plus encore leur parler, à la fois rocailleux et monocorde, traînant avec insistance sur certaines syllabes, nous rendait souvent difficile la compréhension de leurs propos. Pour eux tout doit être prononcé, le i ou le y placé après une autre voyelle doit s'entendre distinctement, de même que le s placé en fin de mots et les r se multiplient pour mieux être roulés dans leurs bouches qui se délectent par ailleurs des ch qu'elles font chuinter avec gourmandise. Les accents de la langue d'Oc sont bien là, surtout lorsque le patois vient à se mêler au langage d'aujourd'hui. Si grandes étaient souvent nos difficultés pour les comprendre lorsqu'ils s'adressaient à nous que saisir ce qu'ils disaient lorsqu'ils parlaient entre eux relevait plus encore de la gageure. Des quiproquos s'installaient alors parfois car nous hésitions à les faire répéter, pour ne pas les offenser.

Ce langage si difficile à comprendre était souvent le motif à des fous rires bien difficiles à contenir. Surtout, ne pas se regarder et se concentrer sur notre interlocuteur, devions-nous alors nous répéter.

Nous prenions parfois notre plaisir à aller nous attabler à une table de café et écouter discourir les autres convives, les jours de foires étant les plus propices à cette observation. Les sujets nous étonnaient toujours et nous nous efforcions de retenir les expressions et les intonations entendues pour les réutiliser entre nous.

Ces moqueries n'étaient pas méchantes mais s'apparentaient plus pour nous à la découverte d'un peuple étranger, aux coutumes différentes des nôtres. L'imitation devenait alors un jeu et nous étions capables de passer des journées entières à nous exprimer à la manière de nos voisins aveyronnais, singeant également leurs mimiques, ce qui ne manquait pas de donner prétexte à de nombreux éclats de rire.

*

*   *

Dans nos rares sorties nous avions découvert une auberge dont le décor tout autant que les tenanciers nous comblait d'aise. Il fallait tout d'abord la localiser, tout au fond d'une vallée, endroit improbable pour ce type d'activité. Un paysage grandiose entourait les lieux. D'apparence il s'agissait bien plus d'une ferme que d'une auberge et s'il n'existait un modeste écriteau près du porche d'entrée nous n'aurions jamais pris l'initiative d'en franchir le seuil. Au fond de la cour, cernée par des dépendances, encombrée par du matériel agricole, s'élevait la bâtisse à l'apparence commune à toutes ces fermes du Haut-Rouergue. Une faible lumière éclairait la salle à manger dans laquelle étaient disposées plusieurs tables rectangulaires recouvertes de nappes à carreau. Dans l'immense cheminée se consumaient deux ou trois bûches.

Après nous être installés sur les bancs, la maîtresse de maison, en blouse et en pantoufles, apparaissait et venait prendre sa commande. Il n'y avait pas de choix, il fallait accepter le menu du jour… ou bien s'en aller. Ainsi avait-on le sentiment d'être là quasiment en familiers, immergés pendant un moment dans un autre lieu, un autre temps, une situation si étrangère à notre vie citadine. Le repas était immanquablement très copieux, car après la soupe paysanne et l'assiette de charcuterie du pays suivait la viande rôtie. Quant à la pâtisserie maison elle était, comme il se doit, précédée du plateau de fromages fermiers. Le prix de ce dîner était modique au regard de sa consistance et de sa qualité. Cet aspect des choses n'était pas mince au regard de nos faibles moyens mais l'intérêt que nous y portions se situait beaucoup plus au niveau de l'ambiance, du contexte, des personnages.

Invariablement deux ou trois hommes vêtus de toile noire, traditionnelle tenue du paysan rouergat, aux bérets délavés dont ils ne se découvraient jamais, devisaient dans un coin de la salle en sirotant une « Aveze »[13]. Leurs conversations n'en finissaient jamais, ils étaient là lorsque nous arrivions, ils étaient toujours là lorsque nous repartions, le ronronnement

13. Liqueur de gentiane.

de leurs voix étant seulement couvert par le tintement de la pendule comtoise qui égrenait les heures.

Nous aimions cette ambiance, nous aimions nous asseoir dans le cantou, humer ces odeurs de vieux bois cirés, mêlées à celles de la cuisine et de la fumée qui flottait dans l'air, mais surtout nous aimions entendre la conversation de Mme Ginesty, la patronne. À vrai dire nous l'avions affublée d'un surnom, nous l'appelions « Ouh-Ouh » car toutes ses phrases étaient ponctuées par cette interjection. Elle était bavarde, aimait à se raconter, à parler de sa famille :

– Ouh comme disait mon pauvre Papa, Ouh !

de sa vie jusque-là limitée au périmètre de ses terres :

– Ouh on vivait plus heureux avant, Ouh oui !

de l'actualité locale, la seule qui l'intéressait

– Ouh, mais vous savez pas la dernière idée du Maire... ?

À la fin de chaque phrase elle aspirait sa salive donnant à son élocution un timbre éternellement suintant d'humidité.

Peu à peu grâce à des personnalités comme celle de Mme Ginesty nous nous rapprochions de ces terriens, de ces paysans à l'écorce rugueuse, à la culture si empreinte de leur terroir, aux préoccupations si éloignées de celles qu'étaient les nôtres à cette période de notre vie. De la même manière que l'on peut découvrir en voyageant des peuples dont tout nous sépare nous découvrions des concitoyens dont l'éloignement ne se mesurait pas uniquement en kilométrage mais en acquis culturel, en langage, en mode de vie.

Après nous être amusés de nos différences, une fenêtre s'ouvrait qui suscitait l'envie d'en découvrir un peu plus, de se rapprocher un peu d'eux-mêmes en apprenant à aimer ce qui était le support principal de leur vie, la colonne vertébrale de leurs destins individuels, cet attachement si fort à leur pays, à leurs origines, aux coutumes qu'ils partageaient et entretenaient entre eux.

*

*   *

– Alors, on est venu faire un petit tour à la montagne ?

C'est par cette phrase qu'immanquablement nous étions accueillis par l'aimable jeune femme qui présidait aux destinées du Café des Sports, établissement connu seulement quelques kilomètres à la ronde. C'était le bar le plus proche de la maison, à quelques minutes de voiture. À chaque séjour nous y passions quelques moments de béate observation sociologique, dans un univers de formica et de juke-box scintillant de tous ses chromes.

Nous, nous n'arrivions pas à considérer qu'en parlant de montagne, c'était bien d'ici qu'il s'agissait. La montagne, nous semblait-il, désignait des sommets rocheux, des vallées profondes où coulent des torrents, des pâturages escarpés, des bergers qui veillent sur leurs troupeaux, des chalets blottis sous les sapins. Et bien non, la Montagne désigne ici cette région du nord, élevée de seulement quelques centaines de mètres, où l'air est déjà pur, où les lacs succèdent aux rivières, où la nature est morcelée par mille murets, où la vache s'impose en reine et le hangar métallique en envahisseur immodéré.

Nous, nous n'y percevions alors qu'une campagne, des cours de fermes, des étables, une activité tournée vers l'agriculture et l'élevage, monde qui nous était totalement étranger. Nos narines étaient envahies d'effluves fortement odorantes, celles des vaches et du lisier, nos oreilles remplies du ronronnement obsédant des tracteurs. Il y en avait toujours un en activité. Était-il visible au loin, se découpant sur une crête ou cheminant péniblement dans les sillons, que l'on ne semblait entendre que lui, suivant pendant des heures, par les variations de son moteur, les mouvements de terrain auxquels il était confronté.

On avait du mal à discerner, car indifférents à cette poésie, la grande richesse des paysages, si sobres, si peu clinquants, faits de touches de couleurs nuancées, mariant l'austérité de la pierre sombre, omniprésente dans les constructions, à la palette des teintes offertes par la nature environnante.

On ne distinguait pas l'intérêt dégagé par le patrimoine le plus modeste, le plus typique, le plus traditionnel et pourtant si constamment présent dans le moindre hameau, la ferme la plus quelconque et la plus isolée. Derrière ces murs inébranlables, qui ont franchi les siècles et les décennies sans s'altérer, que d'histoires d'hommes pourraient être révélées, illustrant toutes puissamment l'attachement fusionnel des êtres à leur milieu naturel.

*

* *

Le bruit d'une voiture qui s'arrête, de portières qui claquent aux abords de la maison nous avait fait sursauter.

Nous n'attendions personne. Nous savions que le long chemin en terre qui menait chez nous suffisait par son aspect à rebuter généralement toute velléité conduisant à l'emprunter. Les premières dizaines de mètres étaient rocailleuses et escarpées à souhait, un rocher le traversant même en un endroit, ce qui obligeait à passer lentement, en première, si l'on voulait poursuivre avec la voiture et ne pas y abandonner son pot d'échappement. Il fallait ensuite forcer le passage car la végétation était si envahissante qu'en certains endroits les genêts, les ronces et les fougères venaient à se joindre en son milieu.

Discrètement nous jetâmes un coup d'œil sans nous faire voir. La Peugeot 504 était arrêtée sur le terrain, c'est-à-dire notre terrain, celui qui précédait la cour de la ferme et son portail. Déjà la table de camping était dressée et une famille entière s'apprêtait à satisfaire au rituel du pique-nique. Du coffre ouvert le père extirpait les fauteuils pliants et la mère déposait sur la table le panier débordant de victuailles. Les enfants s'égaillaient en poussant des cris.

Nous étions consternés. Comment un tel sans-gêne était-il possible ? Ne voyaient-ils pas qu'ils étaient installés sur une propriété privée ? Certes son délabrement pouvait laisser entendre qu'elle était abandonnée.

– Mais voilà tout de même bien des mœurs de parisiens en vacances. Partout chez eux !

Eh bien ils allaient très vite apprendre à respecter les pauvres bougres qui habitaient là. Est-ce que l'on aurait seulement l'idée, nous, d'aller sortir saucisson et vin rouge sur le parking de leur « résidence » parisienne ? D'y laisser nos papiers gras et nos pots de yaourts ? Ils allaient rapidement réaliser que leur comportement était déplacé.

Il n'y eut pas d'esclandre, encore moins de palabres. Nous choisîmes de leur imposer le respect par une attitude digne et naturelle qui les mettrait mal à l'aise au premier regard. Nous n'étions que deux ce jour-là mais n'avions nul besoin de renforts pour repousser ces intrus.

Nous empoignâmes chacun une fourche que nous mîmes à l'épaule et sortîmes vers eux, faisant mine d'être absorbés dans nos tâches agricoles. Nos cheveux trop longs et broussailleux, nos joues pas rasées, nos vêtements usagés, ne laissaient aucun doute sur nos conditions de vie modestes. Passant à quelques mètres nous levâmes à peine un sourcil, semblant ne pas les voir, mais continuant à nous entretenir en bougonnant dans un phrasé semblable à celui entendu de nos voisins, adoptant l'air renfrogné du paysan querelleur.

Sans nous retourner, nous entendîmes le claquement des pliants que l'on referme, les enfants que l'on rappelle, les portières qui grincent en s'ouvrant. Quelques minutes plus tard nous revînmes en sens inverse, semblant avoir accompli notre besogne. Un nuage de poussière noyait la silhouette de la voiture qui déjà s'éloignait en cahotant sur le chemin.

Pour la première fois nous nous étions identifiés à notre demeure, nous nous étions dressés, bien maladroitement certes, mais avec sincérité, en gardiens du temple. Ce n'était pas uniquement une réaction de propriétaires, imbus de leur position, il s'agissait plutôt de faire comprendre que ce lieu, si modeste et isolé qu'il était, ne pouvait ainsi impunément être pris d'assaut.

Qu'il y avait un chemin à parcourir, des préalables à respecter, une dimension à intégrer, avant que d'être conviés à s'y arrêter. Ce geste nous était venu spontanément. Et si au bout du compte la présence de ces touristes n'était que vétille elle ne nous en avait pas moins fait réagir de manière inattendue. Nous, si épris de liberté, si ouverts à la rencontre, à l'hospitalité, si pacifiques, comment n'avions-nous pu accepter cette intrusion ? Et si quelque chose tout simplement commençait à nous habiter ?

*

* *

Chapitre Sept
1911 – 1970

De mariage en héritage Fournigal fut transmis à des familles mieux nanties, devenant l'accessoire ordinaire d'un domaine agricole, sans plus jamais susciter l'intérêt propre à une pièce maîtresse. Perdue au milieu des prairies et des bois, loin de toute habitation elle avait au moins le mérite de constituer un abri, un lieu de stockage, évitant ainsi des allées et venues sur les chemins pour faire suivre du matériel ou du fourrage.

Ainsi ramenée à une fonction subalterne elle ne fut plus embellie, ni même entretenue. Au début de l'été les portes de la grange en étaient grandes ouvertes pour y stocker le foin qui y était porté à pleines charrettes. Au rez-de-chaussée étaient entreposées charrues, faucheuses et autres instruments aratoires qu'il était pratique de prendre sur place lorsque l'on venait travailler sur des parcelles environnantes.

La maison logeait parfois pour des périodes plus ou moins longues un ménage d'ouvriers agricoles qui s'accommodait alors de son confort spartiate, heureux du toit qui leur était offert. À nouveau des enfants y grandissaient, une histoire s'y écrivait et l'influence du lieu agissait.

De 1914 à 1918 l'Aubrac a fourni sa part de jeunes hommes à la grande boucherie. Pour de nombreux Rouergats, cet arrachement à leur région natale, bien que cruel, fut néanmoins l'occasion de s'ouvrir à d'autres coutumes, d'autres cultures, dont ils ignoraient tout. Ainsi ce fut pour nombre d'entre eux le moyen d'apprendre à manier la langue française, alors qu'ils ne connaissaient jusque-là que leur patois.

Mais malheureusement quand le maire empruntait le chemin d'une ferme familiale, on savait que c'était pour annoncer un malheur, la disparition du père, du frère, du fils, déchiqueté là-haut dans le Nord, là où jamais son quotidien n'aurait dû l'entraîner. Peut-être arriva-t-il un jour qu'un de ces maires, pénétrant dans la cour de Fournigal, ait tourné son feutre entre ses doigts, cherchant ses mots et n'osant regarder en face le visage livide de celle qui l'accueillait.

Les campagnes étaient alors livrées aux mains des épouses qui s'adaptèrent à cette situation. N'avaient-elles pas pris l'habitude, lors des départs saisonniers de leurs compagnons, de porter sur leurs épaules la marche de la ferme en même temps que l'éducation de leurs enfants et la tenue de la maison ? Pas fières et de natures robustes, elles travaillaient aux champs, conduisaient les attelages, soignaient le bétail, la basse-cour, le porc, rentraient les récoltes, et négociaient pied à pied avec le maquignon la vente de leur cheptel. Elles n'avaient jusque-là été élevées que pour servir, soumises à tout, à la famille, aux lois du mariage, à l'Église, elles étaient en quelque sorte cernées de toute part et n'avaient eu en rien leur mot à dire.

Ces circonstances tragiques allaient leur permettre de se révéler aptes, à bien des égards, à conduire comme les hommes l'exploitation familiale en plus des tâches qui leur étaient traditionnellement réservées.

*

* *

À Paris les Aveyronnais émigrés commençaient à prospérer. Abreuvés des récits de leurs aînés, de leurs cousins, de leurs voisins, qui, chaque année accomplissaient pour quelques jours de vacances le voyage jusqu'à leur chère Montagne, les plus frileux, les moins téméraires de ceux qui demeuraient au pays prirent finalement confiance et firent le choix de l'exil vers un monde meilleur, le monde de la réussite venant en récompense du travail. Cette notion était nouvelle pour eux qui n'avaient comme image de la vie, transmise des générations qui les précédaient, que celle de la souffrance et de l'abnégation : tout au long de son existence l'individu devait expier il ne savait quelle faute qui le condamnait à trimer pour uniquement satisfaire sa seule subsistance.

Qu'apprenait-on de cette vie lointaine dans la capitale où, partant de rien, l'on pouvait en accordant la même ardeur que celle consacrée à cultiver une terre ingrate, trouver en quelques années sa récompense en devenant propriétaire d'un établissement dégageant de confortables bénéfices. Mais ceci, doit-on dire, n'aurait été pour certains qu'une aventure à risque et sans lendemain si n'avait agi la prodigieuse solidarité des hommes de la Montagne accueillant, hébergeant, parrainant n'importe lequel d'entre eux débarquant à Paris avec pour seul passeport ses origines et son courage.

Certes tous ne détinrent pas les établissements les plus en vue mais un café ou une brasserie bien tenus suffisaient à assurer les moyens d'une réussite inespérée, mille fois vérifiée pour ces intrépides besogneux.

Les descendants de Jean Vert n'avaient pu résister à cet appel de la raison. Par fidélité ils ne se séparèrent pas des terres qu'ils possédaient, les confiant en fermage avec, au milieu du lot, la petite ferme à demi abandonnée.

*

*   *

L'avènement de la deuxième guerre mondiale révéla à nouveau l'esprit d'indépendance et de résistance des Rouergats. Encore fortement marqués par l'écot payé au prix fort en vies humaines lors du précédent conflit, les paysans acceptèrent mal d'avoir à nouveau à se mobiliser.

Il faut bien convenir qu'ici l'on vivait éloigné de tout. Savait-on seulement ce qui se passait dans le village voisin ? Alors la guerre, les combats, les victimes, c'était si loin. Enfermée dans sa ruralité la population cherchait avant tout à vivre le moins mal possible, à sauver sa peau et préserver ceux qu'elle aimait. La prudence, la peur, l'habitude de l'obéissance passive, le poids de l'éducation conservatrice et celui du clergé furent autant de freins qui ralentirent la résistance et l'entrée dans l'engagement actif.

Petit à petit cependant, au gré des événements, la population s'organisa contre ce qui lui paraissait le plus injuste. À l'Armistice les discours prometteurs du nouveau pouvoir furent mal admis, la tendance nationale à la collaboration rejetée. On cacha alors des enfants juifs sous de fausses identités mais aussi des réfractaires au STO dès que cette mesure tomba : quitter sa terre, son pays, ceux qu'on aime pour deux années de travail forcé en Allemagne était impensable. Le monde rural sortit alors de sa réserve, manifesta pour dire son refus, puis s'organisa pour fuir le STO, se cachant dans les fermes et les hameaux isolés, là où gendarmerie et patrouilles allemandes ne sauraient venir.

En juin 1943 douze jeunes de Laguiole et de St Chély, réfractaires, se cachèrent sur le plateau de l'Aubrac, dont certains dans la grotte des Enguilhens : ils furent deux cent en Août 1944. Ceux-là posèrent les bases du maquis de l'Aubrac, par la suite très actif.

La mémoire locale témoigne que Fournigal, servie par son implantation discrète, abrita pendant quelque temps un petit groupe de maquisards. Il n'y eut pas sur le site d'acte de guerre à proprement parler, mais avoir servi d'abri à ces hommes courageux, en révolte contre l'envahisseur, marquera une page de son histoire personnelle, en accord avec son esprit et sa destinée.

*

* *

L'après-guerre marqua l'abandon définitif de la maison. Dans cette période de renouveau, de reconstruction, les aspirations de la population étaient bien éloignées d'une triste demeure trop isolée et à l'inconfort décourageant. Au contraire les trente glorieuses arrivaient entraînant chacun dans des aspirations nouvelles, celles du bien-être et de la consommation à outrance.

Plus d'occupants ni même d'exploitants pour user au moins de sa fonction de dépendance agricole. Promise à la ruine, ses murs, ses toitures résistaient malgré tout, bien que laissant apparaître des blessures dues à l'âge qui tôt ou tard entraîneraient son irrémédiable délabrement.

Ses propriétaires, M. et Mme Enjalbert, étaient installés dans le 15e arrondissement parisien où ils exploitaient une brasserie. Pour leur famille le chemin de l'exil remontait à deux générations. Ils n'oubliaient pas pour autant leurs racines et revenaient chaque été pour quelques jours sur les terres de leurs ancêtres. Les bâtiments et les prés dont ils avaient hérités étaient exploités par un fermier qu'ils venaient annuellement rencontrer.

Une année celui-ci attira leur attention sur l'état de dégradation de la petite ferme. Trop isolée, celle-ci était devenue inutile pour l'exploitation. En bref ils n'avaient à présent que faire de cette masure et considéraient comme déraisonnable d'y engager les moindres travaux. Mais ils regrettaient malgré tout de la voir progressivement glisser vers sa triste fin, par fidélité à la mémoire de leurs ancêtres. Un geste de générosité les inspira.

Dans le bourg de Rocassiere un ecclésiastique avait acquis une vieille demeure qu'il s'efforçait de faire revivre avec le concours de quelques adultes dévoués. L'abbé Marty, Directeur d'une institution religieuse en région bordelaise, n'entendait pas, les vacances scolaires venues, se désintéresser de son ministère d'éducateur. La maison qu'il rénovait devint alors le lieu d'accueil d'une petite colonie de vacances qu'il organisait chaque été pour les élèves de son collège. Les villageois, désorientés par l'atmosphère d'abandon qui planait sur eux, voyaient d'un bon œil l'irruption répétée de ces gamins porteurs de vie et de gaieté pour le village.

Informés du succès de cette œuvre les Enjalbert estimèrent que le don de leur modeste propriété pourrait tout à fait venir conforter les moyens dont avait besoin l'abbé pour accueillir un plus grand nombre de colons. Chose fut faite et Fournigal subitement retrouva les couleurs d'une demeure animée, d'où jaillissaient des cris, des rires, où s'improvisaient des jeux et des feux de camp.

Hélas la bâtisse était en si mauvais état qu'il n'était pas pensable d'y faire dormir qui que ce soit. Les toitures laissaient pénétrer l'eau en trop d'endroits, les planchers étaient pourris, portes et fenêtres ne fermaient pas, si bien que toute idée d'hébergement en était exclue.

L'abbé contourna la difficulté et utilisa la cour pour y planter chaque année des tentes marabout achetées aux Stocks Américains. Ainsi les plus grands, sous la surveillance de moniteurs, investissaient les lieux avec le sentiment d'une relative indépendance, puisque distants de deux kilomètres de la colonie principale.

Son projet bien entendu aurait été de lancer un plan de restauration. Imaginons les possibilités qu'offrait la grange : avec une toiture refaite et un plancher neuf elle aurait à merveille abrité un dortoir pour au moins vingt enfants. La maison pour sa part aurait pu fort justement servir de base à l'intendance et à l'encadrement.

Hélas les difficultés étaient trop nombreuses pour y parvenir. La première, bien entendu, tenant à l'absence de moyens financiers pour lancer les travaux de gros œuvre. Quelques bricoleurs dévoués s'attachèrent malgré tout à effectuer les réparations de première urgence, remettant en état notamment portes et fenêtres afin d'en assurer la fermeture. Mais le réalisme dictait de se rendre à l'évidence : comment collecter les fonds nécessaires à la réfection des toitures par exemple ? Comment résoudre les difficultés liées à l'absence d'électricité, d'eau courante, afin d'assurer des conditions de vie acceptables au regard des règlements d'hygiène et de sécurité de plus en plus draconiens qui s'appliquent aux camps de vacances ?

C'est ainsi malgré tout que quoique délabrée et proche de sa fin, grâce à la solution du campement instaurée par l'abbé, Fournigal pour quelque temps encore retrouva de sa superbe et sembla s'accorder malgré sa faiblesse une ultime grandeur, celle de l'hospitalité.

*

* *

Chapitre Huit
1975 – 1980

Jacques et Jean-Marc furent les premiers à quitter la communauté. Un beau matin nous prîmes conscience que cela faisait des mois que nous n'avions de leurs nouvelles. Ils n'avaient certes pas été les plus assidus à la fréquentation de la maison. Il est sûr que pour ces deux-là elle n'avait guère représenté que le moyen de leur émancipation. Ils s'étaient mollement laissés porter par le groupe, suivant sans conteste ses décisions mais n'apportant pour toute contribution que leur incessante créativité musicale. Jacques et Jean-Marc auront laissé cette empreinte, pas si mince en soi bien qu'étrangère à toute fonction pratique.

L'équilibre de nos personnalités diverses fut notre richesse. Si nous avions tous excellé dans le même domaine nous n'aurions constitué qu'une équipe, efficace, productrice, mais uniquement dans l'objectif qu'elle se serait assigné, et sans aucune âme. Notre aventure commune se serait alors limitée au simple accomplissement d'un chantier. Notre incompétence et notre candeur nous ont intuitivement préservés de cette morne destinée. Le plaisir pris en commun avait plus d'importance que le résultat, immanquablement entaché par notre fantaisie et notre inconstance.

Jacques et Jean-Marc ne nous ont pas rendus de comptes, nous n'en demandions pas. Ils se sont éloignés, captés par d'autres influences, pris dans d'autres courants, voguant vers d'autres destinées.

Sur le moment nous n'avons rien perçu. Leur départ pourtant aurait dû nous paraître comme un signal. La communauté se fissurait, deux d'entre nous ayant sciemment rompu les liens. Pour eux, sans regrets, la page était tournée. Nous ne réagîmes guère, aurions-nous dû le faire, pour tenter de resserrer les liens et donner un prolongement à notre aventure commune. En réalité nous étions tous placés à un carrefour de notre vie, accaparés que nous étions à tenter de négocier sans dommage le difficile virage de l'accès à la vie active. Pour les uns les études s'achevaient, pour d'autres, résignés, elles n'aboutiraient jamais et des aspirations nouvelles nous portaient à vivre non plus au sein d'un groupe hétéroclite et agité, mais simplement auprès d'une gentille compagne qui saurait par ses talents nous attacher au foyer.

Jamais au grand jamais nous n'avions voulu que l'un d'entre nous ait la casquette d'un chef, ni même celle d'un animateur. Nos convictions anti-conformistes du moment nous avaient préservés des concepts que nous abhorrions. Tout semblant d'organisation, d'ordre, de rationalité, était d'emblée rejeté car assimilé aux symboliques militaires que nous combattions avec opiniâtreté. Ainsi n'y eut-il jamais vraiment ce leader naturel qui aurait pu battre le rappel, provoquer une discussion, proposer un ordre du jour et veiller à la continuité de nos actions. Jusque-là cette fonction s'était improvisée, comme tout le reste, selon les activités auxquelles nous étions confrontés. Lorsque nous bâtissions l'un s'instituait chef de chantier, quand nous avions faim un autre prenait la direction des opérations culinaires et quand nous avions décidé de nous divertir nul n'aurait été autorisé à nous brider.

Il n'y eut donc pas de réaction. Les mois passaient et pendant ce temps, la lente et inexorable détérioration de la bâtisse était en train d'avoir raison de nos ambitions passées.

Dans un sursaut que nous voulions salvateur j'embarquais Philo avec moi pour un aller-retour vers notre ancien eldorado. Nous ne savions alors s'il s'agissait du dernier voyage ou de celui du renouveau. En abordant le chemin notre inquiétude allait croissant, nous attendant à trouver un spectacle de ruine. Malheureusement cette intuition se révéla en partie fondée. La vision qui se dégageait de nos bâtiments était affligeante. Je ne sais comment qualifier l'état de nos toitures telle que nous les découvrîmes, tant le terme de passoire me paraît faible. À l'intérieur l'humidité ruisselait de toutes parts. Sur les poutres et les planchers, gorgés d'eau, les limaces pullulaient. Que dire de la grange sinon que le péril était proche et que son toit ne demandait qu'à s'effondrer en plusieurs endroits. Certes, souvenons-nous, nous nous étions lancé un défi remarquable lorsque, quelques années plus tôt nous déshabillâmes une partie de cette couverture pour procéder à la remise en place du linteau en granit de la porte principale. Le chantier nous avait semblé exemplaire par sa hardiesse et sa démesure, au regard des moyens dont nous disposions, et de notre inexpérience. Il ne pêcha malheureusement que sur un point, qui n'était pas de la moindre importance. Car ne pas avoir achevé l'ouvrage en laissant notamment pour toute protection une bâche provisoire avait produit ses effets. Il y avait bien longtemps que la bâche, ancien fragment de la tente marabout de l'abbé, s'était en partie envolée, déchirée, laissant béante la toiture sur plus de dix mètres carrés.

Dans le chemin, la cour, les abords, les broussailles avaient repris leurs droits avec plus de vigueur encore que lors de notre première venue. La nature par défi semblait s'adresser à nous, nous rappeler à l'ordre : si l'on veut domestiquer les lieux, si l'on veut les dominer, il faut alors plus de constance, de courage et de persévérance.

Le bilan était simple à faire. La maison était devenue totalement inhabitable, pire encore, dans son état de délabrement elle semblait porter les cicatrices de nos actions inachevées, de nos projets méritoires mais si désordonnés. Après tant d'espérance, quel triste résultat.

De ce voyage nous rapportions notre témoignage, nos impressions, espérant déclencher le choc nécessaire à une reprise en main solidaire. Hélas, deux compagnons de route nous lâchèrent à nouveau, trop étrangers à présent à notre aventure commune.

Nous nous comptions encore trois à peu près décidés à ne pas accepter l'abandon de ce qui exalta nos premiers pas d'adultes. Il n'y avait plus à tergiverser sur les mesures à mettre en œuvre, il n'était plus question non plus de se laisser porter par l'improvisation du moment. Nous nous étions condamnés nous-mêmes à prendre des décisions urgentes à défaut de quoi un trait définitif pouvait être tiré sur le moindre espoir de conserver notre bien. Des mesures conservatoires s'imposaient qui concernaient avant tout les toitures et en priorité celle de la maison dont les opérations de retapage ne pouvaient à présent suffire à gagner du temps.

Mus par une nouvelle énergie nous fîmes nos comptes et décidâmes pour limiter au mieux les dépenses, de nous réserver tous les travaux préparatoires, c'est-à-dire le déshabillage du toit et la réfection des voliges, pour ne confier que la réfection des ardoises à un spécialiste dûment appointé. Usant encore de toutes nos relations nous trouvâmes le moyen de nous faire offrir l'importante quantité de planches qui nous était nécessaire. Par contre cette matière première était à aller chercher dans une scierie située en Dordogne, soit à près de trois cents kilomètres.

Toujours par économie nous louâmes une simple Estafette dont nous étions persuadés qu'elle suffirait largement au transport. Une fois chargée celle-ci touchait pratiquement le sol, écrasée par la masse qui lui était imposée. Le voyage, réalisé uniquement sur le tracé de discrètes routes départementales, fut homérique et interminable. Notre engin étouffait sous le poids transporté, s'essoufflant lamentablement dans les montées, s'inclinant dangereusement dans les virages, s'emballant dans les descentes. Au bout du compte nous n'eûmes à déplorer que l'éclatement d'un pneu et fûmes presque étonnés d'arriver à bon port.

Quelque temps plus tard, à l'image des bouados d'autrefois une équipe se constitua avec quelques bras amis pour, en deux ou trois week-ends procéder à la mise en place de ces fameuses voliges. Si ce travail était effectivement à notre portée il n'en resta pas moins que le résultat était loin de correspondre aux normes du métier. Au lieu des larges voliges en bois de peuplier habituellement utilisées, légères, tendres pour les pointes qui s'y enfonceraient, permettant d'offrir une planimétrie régulière, nous avions utilisé ces petites planches en châtaigner habituellement réservées à la fabrication des barriques. À l'œil le résultat était curieux et faisait plutôt penser à la construction des derricks de la ruée vers l'or noir, façon Lucky Luke, qu'à la restauration d'une ferme traditionnelle. Malgré tout assez fiers de notre œuvre nous nous mîmes en quête d'un artisan couvreur qui voudrait bien de notre chantier. M. Allenc, d'Espignole, fut notre homme. Malgré les réserves qui furent émises sur notre travail préparatoire qui inévitablement compliquerait sa tâche, ce dernier nous prît en amitié et accepta la mission. Je ne sais pourtant si, à ce moment de nos pourparlers, les bouteilles de Bordeaux avaient déjà été sorties. Après les traditionnelles pertes de temps et rappels à l'ordre pour l'obtention du devis l'accord fut donné et le chantier pouvait commencer.

Comme tout bon entrepreneur M. Allenc profita de l'opportunité d'une sortie dominicale en compagnie de son aimable épouse pour venir inspecter une dernière fois les lieux et évaluer les moyens de la mise en œuvre.

C'est là qu'il nous asséna le coup de massue auquel nous ne nous attendions pas :

– Mais z'avez vu comme vot'mur pignon fait le ventre. Si j'y appuie la croupe du toit, avec la charge des lauzes, tout va s'effondrer. Ben dans l'immédiat j'peux rien commencer. Il faut d'abord que vous voyez un maçon pour refaire vot'mur.

Ah, le percement héroïque du vasistas du rez-de-chaussée se rappelait à notre bon souvenir. Avec le temps le mur, fait de moellons délicatement calés les uns sur les autres, avait bougé et pris cette forme, ce ventre, qui, inexorablement, l'attirait vers l'extérieur. À terme l'effondrement était garanti.

Prendre un maçon n'était pas dans nos moyens et quelque part, l'idée de confier soudainement à toutes ces mains étrangères le rétablissement de notre maison dérangeait ce que nous appellerons notre éthique. Est-ce sous l'effet des remords, pensions-nous avoir à racheter les erreurs du passé, mais il nous semblait que ce sauvetage n'aurait de valeur que si nous accomplissions nous-mêmes la peine à laquelle nous nous étions condamnés. De maçon il n'y aurait pas !

Fait nouveau, il y eut un début d'organisation. Un tel chantier nécessitait que la maison soit libre de tout occupant. À l'avance nous prîmes des contacts et fîmes la location pour une semaine de vacances d'un gîte rural à Belvezel, hameau distant d'à peine quelques kilomètres. Là nos jeunes familles furent installées, loin des nuisances de notre chantier, dans une maison au confort standardisé. Le propriétaire des lieux, M. Lamainiere, profitait comme nous de ses vacances dans une deuxième maisonnette située sur la même propriété. C'était un amoureux des vieilles pierres, un acharné du bricolage qui depuis des années consacrait son temps libre à retaper successivement différentes bâtisses dont il avait hérité. Curieux de connaître les raisons qui avaient conduits ces jeunes girondins à avoir absolument voulu effectuer une location en cet endroit perdu, nous lui racontâmes le projet qui nous animait. Retrouvant en nous des passionnés comme lui des défis impossibles, il nous accorda sa sympathie. Dès lors il nous prodigua quelques conseils, nous fournit des renseignements bien utiles sur l'art de bâtir et conclut en suggérant, si le besoin s'en faisait sentir, de nous prêter son tracteur.

Nous avions en effet repéré dans son garage un magnifique Someca 415, affublé à l'arrière d'un godet monté sur le relevage hydraulique qui devait être redoutablement efficace pour le transport de lourdes charges. L'engin était rutilant. M. Lamainiere se l'était offert comme d'autres s'offrent une décapotable, pour son plaisir, amoureux qu'il était de la technicité qu'offre une telle machine.

Durant une semaine entière nous prîmes des habitudes d'artisans du bâtiment. Tôt le matin nous quittions la maisonnée pour rejoindre notre chantier. Nous y restions jusqu'au soir, rejoints parfois le midi par femmes et enfants pour un pique-nique sur le tas.

Pour rebâtir ce mur il fallait d'abord en provoquer l'effondrement. Ce ne fut pas le plus difficile Sous notre poussée et dans un immense nuage de poussière des dizaines de tonnes de pierres basculèrent dans le champ de notre voisin. Nous n'imaginions pas que ce mur de quatre-vingt-dix centimètres d'épaisseur aux pierres soigneusement calées les unes sur les autres, pourrait créer un tel volume de rochers, de gravats une fois jeté au sol tel un éboulis.

La reconstruction avait été réfléchie, étudiée, et fut menée à bien avec rigueur et professionnalisme. Après avoir coulé un chaînage en béton pour créer une assise solide sur la partie conservée, nous remontâmes en parpaings, sur toute la hauteur de l'étage et jusqu'à la toiture, le mur pignon situé à l'ouest. Nous en profitâmes pour y créer deux petites fenêtres qui apporteraient le complément de lumière qui manquait jusqu'à présent.

Nous nous étions malgré tout fixé un objectif, celui d'achever notre chantier pour le samedi suivant, celui de la fin de la location du gîte. À cette date nous devions pouvoir héberger à nouveau à Fournigal, dans des conditions décentes, le reste de la tribu.

Dans les délais, et après des journées de dur labeur, la maison redevenait habitable. L'étanchéité du toit était provisoirement assurée par la pose d'un revêtement en papier goudron, qui plus tard assurerait la fonction de sous-tuiles, et le mur litigieux était reconstruit. Les journées qui suivraient nous permettraient, vivant sur place, de commencer à redonner un peu d'attrait à notre vieille bicoque. Restait l'énorme tas de pierres, que nous ne pouvions décemment laisser dans le champ du voisin. Sans trop nous l'avouer nous n'envisagions qu'une solution.

Le samedi matin nous chargeâmes les véhicules pour effectuer la courte distance qui nous séparait de Fournigal. Nous tenions absolument à saluer en partant M. Lamainiere, persuadés qu'il n'avait pas oublié sa proposition. Les enfants étant installés dans les voitures nous nous avançâmes vers notre loueur. La conversation s'engagea et tourna de longues minutes sur les histoires du pays, la pêche, les champignons. On parla gastronomie, ruralité, tradition. Finement nous nous efforcions d'amener le sujet vers la question de nos travaux mais toujours M. Lamainiere nous en éloignait. Nous commencions à être inquiets, fustigeant en nous-mêmes la mémoire défaillante de notre hôte. Les minutes passaient. Dans les voitures les enfants s'énervaient, leurs mères nous pressaient d'en finir. Mais nous n'étions pas prêts. Pudeur ou timidité, aucun de nous deux n'osait aborder franchement la question du tracteur. Nous en étions arrivés aux considérations météorologiques, au temps que nous avions, à celui qu'on annonçait. Nous n'y tenions plus. Désespérés et à cours d'imagination nous tendîmes, honteux et sans nous regarder, une main informe à M. Lamainiere. Nous tournions les talons, la mine basse, celui-ci nous rappela :

– Au fait ça ne vous rendrait pas service si je vous prêtais mon tracteur ?

Nous fûmes pétrifiés sur place. Le sang d'un coup afflua sur nos joues. La dignité nous imposait malgré tout une juste réserve. Nous nous retournâmes, bredouillant :

– Pensez donc…

puis vite avant qu'il ne se ravise :

– Ah bien pourquoi pas ; ça serait possible aujourd'hui ?

*

* *

L'année suivante le toit était enfin refait à neuf. Il nous semblait alors qu'une page s'était tournée. Plus mûrs, plus réalistes, nous envisagions avec pragmatisme l'avenir. Après tout que souhaitions-nous à présent ? Essentiellement nous permettre d'user tranquillement d'une maison dédiée aux vacances, habitable sans problème, sans luxe ni fioritures, fidèle si possible mais sans excès de pointillisme, à l'esprit du pays.

Nous n'étions plus alors que deux associés, le troisième nous ayant abandonné généreusement ses parts pour nous permettre d'avancer dans le projet dont il se sentait à présent trop distant. De ce point de vue-là les choses étaient plus simples. À deux le consensus se fait plus facilement. Nous traçâmes alors dans ses grandes lignes un plan de travaux à mettre en œuvre dans un ordre logique, une conception d'aménagement fonctionnelle, des concessions faites pour un minimum de confort. Plus de visions irréalistes, d'interprétations erronées de l'architecture locale, d'expériences utopiques. Nous savions que rien ne se ferait en un jour, que nous nous engagions sur du long terme. Il y avait à cela deux raisons majeures : la disponibilité et les moyens financiers qui nous manquaient de manière chronique. Sur ce dernier point nous resterions fidèles à la tradition instaurée, le rétablissement de Fournigal ne devant en aucun cas s'accomplir à coups de millions dépensés auprès d'entreprises qualifiées. À dire vrai ce serment, établi commodément sur le motif de notre légendaire éthique, avait pour avantage de justifier que les objectifs soient fixés sur du long terme, voire du reste sans terme précis.

Malgré tout la démarche devenait raisonnée : on commencerait par le toit puis on déclinerait la restauration en partant du haut et en allant vers le bas. Ainsi chaque réalisation accomplie ne serait-elle pas remise en cause la fois suivante par le jaillissement d'une nouvelle idée ou par l'humeur du moment.

Nous n'avions pas pour autant oubliés quelques fondamentaux qui firent la réussite de notre première époque. La fantaisie d'abord, qui était toujours là, mais mieux maîtrisée, orientée plutôt sur une forme d'originalité soigneusement entretenue. L'hospitalité ensuite érigée en principe : la maison resterait ouverte à tous, avec ou sans nous, la clé étant facile à quérir. Le confort enfin dont il fallait se préserver afin de ne pas reproduire ici les standards de notre vie civile, la rusticité des lieux étant le facteur essentiel d'évasion.

Imaginerait-on Fournigal inondée de lumière, doté d'une cuisine à l'équipement standardisé, un téléviseur près de la cheminée, le chauffage central, des chambres douillettes aux murs tapissés de motifs imprimés, etc. ?

Courage fuyons, cela n'aurait qu'une conséquence, l'ennui total et le désintérêt de tous ses familiers.

C'est donc avec prudence et réflexion que nous abordions à présent chacune des étapes de ce rétablissement, veillant au respect d'un équilibre fondamental entre tradition et modernité.

Depuis quelque temps nous semblait-il une ombre tutélaire s'était mise à veiller sur nous, nous rappelant à l'ordre au moindre faux pas, semblant souffler sa désapprobation à chaque écart, nous tirant en arrière lorsque avec précipitation nous nous engagions sur une voie erronée.

Sans verser dans le fétichisme nous étions sensibles à cette présence indéfinissable qui semblait nous guider et qu'inconsciemment nous commencions à respecter.

*

* *

Chapitre Neuf
1981 – 1985

Dès lors nos visites se multiplièrent avec régularité. Certes il n'était plus question de vie communautaire mais il n'était pas non plus concevable de s'y retirer en ermites. À chaque vacance la maison donnait l'occasion d'un regroupement familial ou amical où chacun apportait son concours à l'amélioration des lieux. Chaque année était ainsi le sujet d'une ou plusieurs novations, parfois modestes, parfois plus imposantes. Du reste dès notre arrivée nous cherchions du regard l'ouvrage réalisé par les précédents occupants.

Cette curiosité allait plus loin : nous voulions tout savoir de ce qui avait été vécu ici, les informations collectées sur le pays, les potins, les endroits à visiter, les bonnes tables et toutes les précisions sur la vie à la maison. Nous nous étions donc imposés un rituel : celui de tenir avec rigueur un journal de bord.

Celui-ci est conservé en permanence sur le buffet du séjour. Dès que l'on arrive on le compulse. On ne termine pas une journée, quelle qu'en soit l'heure, sans le remplir. Certaines indications sont obligatoires, telle la météo quotidienne, d'une grande importance, les jours et heures d'arrivée, de départ, le nom des convives. Plus libre est la rédaction journalière, chacun s'exprimant selon son style, mais la triste énumération de simples faits et gestes est proscrite. Le ton doit être alerte et la dérision recommandée. Les événements doivent être observés avec un œil amusé, en privilégiant si possible les situations cocasses, les informations originales. Les illustrations, les coupures de presse, les dessins ne sont pas interdits et viennent pimenter le récit.

Extrait :

« Ce jour, 10 Août 1984, la chaleur estivale étant particulièrement propice au farniente nous avons pensé consacrer notre journée à ne rien faire. À peine ce programme fut-il esquissé qu'une pensée perverse nous envahit, venue d'un constat irréfutable : plus il fait chaud et plus l'eau que nous tirons nous paraît glacée. Un rapide transport jusqu'à la quincaillerie nous vit acheter tout un nécessaire propre à remédier à cette insuffisance inacceptable dans notre exigence nouvelle de confort : tuyau de cuivre, raccords, chalumeau, et un magnifique chauffe-eau à gaz. Philo étant depuis peu passé expert dans l'art des soudures eut tôt fait de nous démontrer que nous n'étions pas prêts de succomber à la dépendance d'un plombier qui viendrait quand il en aurait envie et facturerait sur la base horaire d'un médecin à honoraires libres. En trois heures de temps la tuyauterie fut installée et le chauffe-eau, accroché au-dessus de l'évier, prenait valeur d'œuvre d'art. Instant solennel, voire quasi historique, à 20h la première goutte d'eau chaude s'écrasait au fond de notre évier tout neuf nous laissant ébahis par tant de modernisme ! »

À ce livre de bord la fidélité devait être totale. Quiconque aurait omis de le rédiger perdait sa place dans notre communauté !

On mesure ainsi d'année en année l'évolution de notre restauration. Pendant longtemps, peut-être une ou deux décennies, on se consacra quasi exclusivement à la maison. Une fois la toiture refaite, on refit les planchers de chaque étage. Puis on aménagea une vraie salle de bains. Si j'insiste sur la nature de cette pièce c'est pour mieux souligner le fait que jusqu'à présent il n'y avait pas de lieu réservé spécialement à la toilette. Alors l'avènement d'une pièce cloisonnée, avec une porte, une douche et de l'eau chaude, toutes choses somme toute assez ordinaires, parut être une avancée considérable pour nos conditions de vie. Ce progrès incommensurable ne fut possible que parce que nous bénéficiâmes, comme tous les administrés du canton, de l'adduction d'eau courante, et nous étions bien en 1984 ! Pendant longtemps nos compagnes avaient accepté des conditions dignes de celles de leurs arrières grand-mères, effectuant vaisselle et lessives à l'extérieur pour mieux y voir, baignant les enfants dans les récipients les plus divers, cuvettes, baquets, auge en granit, etc. C'est dire si l'avènement successif de ces éléments de confort fut vécu comme un prodige des temps modernes.

Plus tard on cloisonna le premier étage afin de créer trois chambres individuelles. Cela tenait presque du sacrilège pour ceux qui avaient connu le dortoir et surtout le tatami. On refit un escalier pour le grenier et l'on fit disparaître au rez-de-chaussée notre somptueux sol en béton incrusté de rondelles de bois qui fut remplacé par un banal mais efficace carrelage.

Oserons-nous le dire, un groupe électrogène fit son apparition dans la grange. Officiellement nous nous étions laissés aller à cette décision dans le but de faciliter nos travaux, l'engin fournissant l'électricité indispensable à l'outillage qui constitue la panoplie du bricoleur d'aujourd'hui. Mais puisqu'il était là, et malgré toute notre répugnance nous nous surprîmes à tirer quelques lignes électriques à travers les pièces. Oh que l'on se rassure, aucune règle ne fut respectée. Nous étions dans le branchement provisoire, le câble sommairement accroché, la douille voleuse, l'accumulation de multiprises. Nous jouissions au moins de cette liberté que nous n'étions dépendants d'aucune norme, aucun contrôle du tout puissant EDF puisque producteurs de notre propre énergie. Au demeurant et n'en déplaise à notre assureur le risque était insignifiant puisque l'installation n'était jamais sous tension en notre absence ni durant notre sommeil.

Et puis après tout la maison n'est pas illuminée à giorno du matin au soir. Était-ce sous l'effet de notre presbytie grandissante mais nous trouvions bien appréciable d'y voir clair à certains moments, notamment aux heures des repas. Le reste du temps la tradition était trop forte et puis, qu'y a-t-il de plus tendance que de monter se coucher la chandelle à la main ?

*

* *

Nous avons toujours cultivé cette volonté d'inconfort, poussant parfois le principe jusqu'à en souffrir. Ainsi certains séjours hivernaux furent dignes de la Sibérie. Il est certes très revigorant d'aller casser la glace le matin dans la salle de bains, de supporter une température ambiante de 14 degrés dans la pièce à vivre, température atteinte grâce à la performance calorifique exceptionnelle de notre cheminée mais il faut bien admettre que la brièveté de nos séjours a toujours été la condition essentielle pour ne pas transformer notre quête d'anticonformisme en un rejet radical et définitif de l'inconfort ménager.

Dans cette recherche permanente de conditions de vie hors normes nous nous laissions porter parfois par notre imagination, rêvant nous retrouver dans la position de naufragés involontaires, incapables de rejoindre leurs rivages civilisés. Les propos des anciens sur les rigueurs hivernales nous ont toujours laissés rêveurs. La neige, le froid enveloppant et paralysant toute vie pendant des semaines entières, le vent du nord qui provoque des congères infranchissables laissant coupées du monde les demeures les plus isolées. Précautionneusement nous avons toujours recommandé le stockage permanent de quelques vivres de base dans le placard de la cuisine pour faire face le cas échéant à l'une de ces situations hors du commun. Il nous aurait paru héroïque de réapparaître un matin au bureau après huit jours d'absences injustifiées :

– Excusez-nous Messieurs mais si vous saviez seulement d'où nous revenons vous ravaleriez vos reproches et vos quolibets. Une semaine coupés du monde, sans moyens de communiquer, réduits à nous partager nos maigres rations, les pieds gelés à courir la campagne en quête de bois mort, réchauffant nos enfants dans nos bras pour ne pas les laisser s'engourdir…

Au lieu de cela nous devions nous rendre à l'évidence : la survenance du réchauffement climatique avait dû coïncider avec notre découverte du pays. Les grands froids ne durent guère plus que quelques journées chaque année et la neige si elle vient à tomber a du mal à tenir, vite balayée par de brusques redoux. Au pire, nous l'avons vérifié, chaque jour à heure fixe le chasse-neige passe, ouvrant la route jusqu'aux logis les plus éloignés.

*

* *

À chaque immersion dans ce lieu préservé nous redécouvrons des sensations oubliées. Ainsi quand on se couche une impression bizarre surgit, comme une présence envahissante qui tout à coup prend une dimension énorme : le SILENCE. Pas de fond sonore, pas de bruits parasites si significatifs de la présence humaine, pas de moteurs, pas de télé, pas de musique. Alors nous prenons la mesure de notre conditionnement. Car ce silence, le croirait-on, nous dérange, nous assourdit, nous oppresse, paradoxalement il perturbe même notre sommeil. Alors que nous nous assoupissons, tout à coup un bruit capte toute notre attention : un craquement, le vent qui agite les arbres ou, horreur, la résonance d'une galopade, le souffle d'un être égaré, le grincement d'une porte qui s'ouvre ? Fantasmagorie de la nuit, puissance de l'imagination qui surgit alors qu'un sens se trouve être ainsi placé en situation d'hyper vigilance.

*

* *

Une année nous nous étions retrouvés à plusieurs couples d'amis. L'une de ces dames paniquant à l'idée de dormir dans une maison où cohabitaient des colonies d'araignées contraignit mari et enfants à coucher avec elle sous une tente dans le jardin. Tout le monde était au lit lorsque nous fûmes tirés de notre premier sommeil par un grand fracas au rez-de-chaussée. Quelqu'un tambourinait à la porte :

– Ouvrez vite, y-en a qui nous lancent des pierres…

Quatre à quatre nous dégringolâmes l'escalier. Au milieu du jardin parents et enfants s'étaient regroupés, lui tenant à la main un bâton, balayait de sa lampe les contours de la parcelle. Nous eûmes beau inspecter les abords, regroupés en commando, rien ne révéla une présence hostile. Revenant vers la maison notre regard fut attiré par un sac poubelle que nous avions, la veille, laissé dehors. Celui-ci était éventré, laissant échapper des ordures répandues sur le sol. D'un coup nous éclatâmes de rire. Ce n'était qu'un chat ou un chien errant qui s'était offert un festin et qui probablement, dans son approche discrète, avait fait rouler sous ses pattes quelques pierres du mur d'enceinte.

Dès lors nous assistâmes à un dilemme intense : rester dehors sous la tente, et ne dormir que d'un œil, ou bien regagner la maison et subir les araignées ? Un compromis fut trouvé : on monta la tente à l'intérieur de la maison et tout le monde put enfin retrouver le sommeil !

*

*   *

Pour notre part il y a bien longtemps que les araignées ne nous font plus cauchemarder et la compagnie des insectes nous est devenue coutumière tout autant que celle des multiples colocataires qui peuplent notre espace.

Sans y avoir vécu on imagine mal à quel point peut-être habité un coin de nature aussi isolé. On pense en s'y rendant pouvoir accomplir enfin une cure de solitude, de tranquillité, de détachement totale de l'activité incessante qui nous entoure. Pourtant, alors que l'on se laisse aller à l'abandon d'une sieste passagère au creux d'un fauteuil, notre attention est éveillée par un bourdonnement. En été les insectes sont excessivement nombreux à se partager l'espace. À l'intérieur de la maison les mouches, de cette petite espèce qui suit les troupeaux par nuées entières, tournent sans cesse sans qu'on puisse les attraper, n'hésitant pas à venir se poser sur le visage dès que dans un moment de relâchement nous nous laissons aller à fermer les yeux. Si l'on se tient dehors on est témoin à chaque instant du vol lourd et rectiligne de quelque bourdon ou guêpe germanique qui traverse l'espace aérien sans se soucier des autorisations.

Après divers tâtonnements notre attirail défensif s'est orienté vers les solutions qui nous ont paru les plus naturelles, les plus écologiques, en un mot les plus respectueuses de l'environnement. Quelques serpentins de papier tue-mouches accrochés au plafond sont d'une rare efficacité. Le soir venu on peut aisément évaluer la réussite de la journée en décomptant les sujets agonisant sur le ruban gluant, pestant malgré tout parfois de s'y être laissés coller par la chevelure.

Si l'on s'adonne à la lecture ou que l'on cherche à se reposer nous conseillons d'avoir bien en main une tapette emmanchée, prête à cingler l'air et à aplatir l'intrépide diptère. Sur la table du repas il est conseillé de déposer dans une soucoupe une cuillerée de confiture censée remplir le rôle de leurre et d'éloigner ainsi les insatiables abeilles. Pour les frelons l'artillerie lourde sera nécessaire : lampes à gaz ou à pétrole pour les attirer à la nuit tombée, tapettes bien armées pour les écraser.

Imagine-t-on le nombre de rongeurs qui peuvent nous entourer ? Les mulots, musaraignes, bien que rats des champs n'aiment rien moins que la compagnie des hommes. Alors que l'on devise au coin du feu tout à coup l'un d'eux court d'une patte légère le long du mur puis disparaît entre deux pierres. Il est fort déconseillé le soir de laisser sorti un morceau de fromage, au lendemain il n'en restera rien. Peu de chose les rebute pourvu qu'ils puissent grignoter. Dans la nuit ce sera le savon imprudemment posé sur l'évier, un fruit, qu'il aura discrètement grignoté ou même, cela s'est vu, la bouteille d'huile en plastique qu'il aura réussi à percer.

Ces petits animaux grimpent partout, même là où cela paraît improbable à tel point que nous avons dû pour protéger nos literies nous montrer encore plus inventifs qu'eux. À force de retrouver nos matelas grignotés, nos oreillers éclatés, nos sommiers souillés à chacun de nos retours nous avons décidé de mettre ceux-ci hors de leur portée. Ainsi dans chaque chambre pendent des poutres quatre solides cordelettes permettant de suspendre les lits à une hauteur suffisante lorsque nous quittons la maison. À notre retour il suffit de les redescendre. Nous frémissons tout de même à l'idée qu'un jour un invité mal informé montera sur une chaise pour se coucher sur ce lit curieusement suspendu, vilipendant l'originalité forcenée de ses hôtes !

Mais que dire des loirs qui ont définitivement adopté notre grenier, y passant paisiblement leur hibernation, laquelle doit malgré tout n'être vécue que d'un œil si l'on en juge par la quantité de déjections qu'ils s'obligent à y laisser. Ceux-là sont invisibles, poussant le tact jusqu'à se retirer lorsque nous arrivons.

Dans la grange veille une chouette qui n'en finit plus de faire sa pelote, et nous de la balayer. Pour nous effrayer quelques chauves-souris s'amusent à nous frôler lorsque nous nous y aventurons sans éclairer ce qui pour certains, fait pousser des cris d'orfraie.

Il eût été dommage que les reptiles soient absents de cet agaçant inventaire. Rassurez-vous ils ne sont jamais loin et poussent la familiarité parfois jusqu'à entrer dans la maison. On doit tout de même à la vérité de dire que l'on en parle beaucoup plus que l'on en voit mais on les imagine partout autour de nous, glissant entre les pierres, se faufilant sous les herbes ou se lovant au soleil. Notre plus grande frayeur fut de voir passer entre nos sièges, alors que nous conversions en prenant le café au jardin, un de ces spécimens que la science nous envierait, d'une longueur sans fin, à la robe (si j'ose dire) tachetée, qui nous le fit illico et sans exagération comparer à la queue du marsupilami !

Mais quel bonheur tout de même que de sembler vivre au sein d'une gigantesque volière tant nous sommes entourés d'une multitude d'oiseaux distillant leurs chants si bien orchestrés, se répondant d'un arbre à l'autre, nidifiant sur le rebord même de nos fenêtres, comme nous confiant leur couvée à garder.

Ce bestiaire ne serait pas complet si l'on omettait d'évoquer ces coups au cœur qui nous sont portés lorsque détale sous nos pas un lièvre que nous avons levé, lorsque l'on aperçoit le renard, ou bien le sanglier, lorsque enfin, ne nous ayant pas remarqués, un groupe de chevreuils passe sur notre pré.

Voilà bien les bonheurs de la campagne auxquels nous sommes devenus si sensibles.

Devons-nous dès lors nous classer dans cette catégorie nouvellement déclarée, celle des rurbains ? Ce néologisme nous définit plutôt bien tant nous alternons avec bonheur dans nos appartenances. Totalement urbains et modernistes pour la part la plus importante de notre existence, nous mutons sans transition en parfaits ruraux, arriérés qui plus est, dès que nos pas nous ramènent ici.

Nous vivons parfois écartelés entre ces deux cultures, à quelques heures d'intervalle, dans la même journée. Capables de commencer celle-ci au cœur de notre XXIe siècle, plongés dans notre vie professionnelle faite d'informatique, de mails, de fax, de GSM, de SMS pour la finir au XVIIIe, dans la froideur d'une maison sans chauffage ni électricité nous étonnant nous-mêmes de ce voyage sans transition.

Mais d'où sommes-nous vraiment, d'ici où nous nous sentons déjà bien malgré l'inconfort, ou de nos pénates suréquipées où nous en voulons toujours plus, plus d'équipement, plus de confort, plus d'appareillages inutiles ?

*

* *

Vivre de chasse, de pêche et de cueillette. Ce programme n'était pas pour nous déplaire et coïncidait avec nos visions hédonistes de l'existence. Nous avions, bien entendu, cherché à stimuler l'instinct prédateur qui sournoisement devait veiller en nous mais avions dû nous rendre à l'évidence qu'en matière de chasse nous avions manqué d'éducation.

Ceci ne nous empêcha pas à l'occasion de nous y engager, usant pour cela, en incorrigibles opportunistes, de moyens aussi peu orthodoxes que licites. Il ne nous avait pas échappé, lorsque nous circulions en voiture la nuit, que nombre de lapins de garenne détalaient devant nous sur la route, effrayés par la lumière de nos phares. Plutôt conciliants à leur égard nous nous efforcions de les éviter mais une nuit malgré tout trois d'entre eux succombèrent sous nos roues dans la seule distance nous menant de Laguiole à chez nous.

Ce fait divers en fut rapporté un soir où notre tablée était nombreuse et sans doute assoiffée. L'association d'idée fut immédiate, les esprits échauffés se liguant sur le champ pour lutter contre l'envahissement de cette population de rongeurs aux capacités reproductives si inquiétantes. La décision fut prise de lancer aussitôt une battue routière. À vrai dire s'échangeaient déjà des projets culinaires, les uns se rangeant dans le camp du gibier rôti à la broche, les autres dans celui du civet.

Nous nous entassâmes à plusieurs dans un véhicule, fermement décidés à ramener des trophées. Par précaution il nous avait semblé nécessaire de nous armer de bâtons afin de faciliter le transfert ad patres des spécimens qui n'auraient pas été tués sur le coup. Et nous commençâmes à sillonner les routes départementales pensant déjà n'avoir qu'à ramasser les imprudents lapins qui viendraient à traverser devant nos roues. Dès les premiers kilomètres s'agitèrent dans nos phares les silhouettes de nos futures victimes. À chaque instant il en détalait devant nous. Leurs courses zigzagantes nous obligeaient à quelques embardées mais malgré les coups de volant, les accélérations, nous ne parvenions pas à les heurter. Ils semblaient ce soir-là avoir été formés spécialement pour nous éviter. Nous insistâmes avec persévérance, tentant de les fixer pour mieux les surprendre, nous arrêtant parfois pour les poursuivre à pied, le gourdin à la main, ne reculant ni devant l'horreur, ni devant la honte. Hélas pour nous les heures s'égrenaient, nous en étions à près de cent kilomètres parcourus et les lapins continuaient à galoper. Sans doute à court d'essence nous dûmes capituler et rentrer piteusement au milieu de la nuit le coffre et la gibecière désespérément vide.

Encore marqués par cet affront nous résolûmes de nous venger à l'encontre d'une autre espèce de rongeurs, plus faciles à maîtriser. Devant la présence envahissante des mulots nous avions ce jour-là décidé de les éradiquer à l'aide du moyen le plus écologique qui soit : la tapette à souris. Emplette étant faite de plusieurs exemplaires nous disposâmes ceux-ci, munis de bons morceaux de fromage en différents endroits de la maison et allâmes nous coucher. Peu de temps après des bruits de galopade en tous sens assortis de raclements nous alertèrent. Munis d'une lampe de poche nous découvrîmes que plusieurs surmulots, trop résistants pour être assommés par une simple tapette galopaient en tous sens avec l'appareil pris autour de leur cou. Malgré tout la récolte fut bonne. Mais devant l'abondance de ces cadavres à la fourrure si fine une idée nous vint : pourquoi ne pas en tirer profit. Imitant les trappeurs nous entraînâmes les enfants dans une activité nouvelle et pédagogique, dépeçant les cadavres pour en tanner les peaux et réalisant avec celles-ci des étuis à couteaux d'un charme inégalé !

Pour clôturer nos récits de chasse je citerai la capture inattendue d'un perdreau sur le chemin d'accès, à l'aide d'une bassine, c'est tout ce que nous avions sous la main, sous laquelle on le bloqua. Le perdreau, fraîchement lâché en prévision de l'ouverture de la chasse fut tout heureux de vivre en cage quelques jours avec nous avant d'être relâché. À tel point du reste qu'il revenait obstinément dans la cour de la maison, attendant la pitance qu'on l'avait habitué à y trouver. Celui-là certainement n'a pas dû longtemps faire le poids face aux armées en treillis qui certains jours arpentent nos campagnes !

*

*   *

Aussi inefficaces nous avions été dans l'art de la chasse, aussi acharnés nous le serions dans celui de la pêche. Il est vrai que la ressource variée constituée par les lacs, les rivières, les eaux vives présentes en masse dans la région ne pouvait qu'aiguiser nos appétits de fins piqueurs.

Rapidement notre préférence alla aux petits cours d'eaux torrentueuses où pullulent truites, perches, goujons et gardons. De néophytes nous nous commuâmes en autodidactes mettant au point au fil du temps un mode de pratique qui s'identifia à l'approche que nous avions globalement du pays, faite de simplicité, de quête de l'authenticité. Nous rejetions tout équipement et toute technique trop sophistiqués. Pour nous la pêche se pratique avec des moyens modestes et naturels. Nul besoin de cannes en matériau composite, de leurres ou d'appâts trop élaborés. Une canne ordinaire, un bambou peut faire l'affaire, un fil et un hameçon de taille suffisante pour pouvoir résister à toutes tailles de poissons font toujours merveille. Aucune préparation n'est nécessaire, cinq minutes sont suffisantes pour nous apprêter à partir. Les esches se trouvent sur place, sous les pierres, dans le courant d'eau vive. Ce sont les porte-bois, les larves de libellules, qui sans conteste ont depuis longtemps fait la preuve de leur efficacité.

Par bonheur notre matériel rudimentaire nous préserve des pêches miraculeuses et nous avons pour nous la satisfaction d'avoir toujours laissé sa chance au poisson que nous traquons. Du reste celui-ci n'a pas dû toujours s'ennuyer à la vision de nos fils emmêlés, de nos hameçons ou de nos cuillers accrochés dans les arbres, et surtout de nos envolées spectaculaires lorsque oubliant combien est glissante la pierre moussue sur laquelle nos pieds sont posés, nous partons en longues glissades terminant parfois nos figures artistiques par une baignade inopinée sous les acclamations de nos compagnons d'équipée.

Mais avouons tout de même modestement que nos efforts sont le plus souvent récompensés et notre dignité préservée lorsqu'au soir nous déposons sans coup férir sur la table la friture de goujons ou les truites du torrent qui constitueront notre dîner.

Nous n'avons eu en général aucune difficulté à convertir à cette activité nos plus jeunes recrues. Dès l'âge de quatre ou cinq ans toutes auront vécu au bord de notre Selves l'émotion particulière du premier poisson capturé. Honneur suprême l'épisode sera alors relaté avec suffisamment de détails et en bonne place dans notre livre de bord.

« Jeudi 20 juillet 1995 : à la soirée, après avoir fini la réparation de la porte de la grange, nous avons décrété un départ à la pêche pour toute la maisonnée. Lieu sélectionné : la combe du moulin de Molinière. Temps de pêche 2h. Résultat : quatre truites, deux perches et cinquante pièces de menu fretin. Aujourd'hui Capucine, six ans, a pêché ses deux premiers poissons, nous les avons graciés et mis en élevage dans le grand abreuvoir de la cour… Depuis elle ne les quitte pas des yeux et veille sur eux ! »

Comme indiqué précédemment la fraîcheur anecdotique du récit ne doit pas l'emporter sur la précision rigoureuse des faits.

*

* *

Tout en nous investissant sur la maison nous ne devions pas perdre de vue la grange. Certes il était impensable, compte tenu de sa surface, d'appliquer à sa toiture la même recette qu'à celle de la maison. La tâche était trop lourde et le coût trop élevé. Mais nous nous obstinions à faire chaque année des opérations de sauvetage désespérées pour boucher ici un trou, remplacer une poutre, installer des étais. Le but était d'éviter le pire, c'est-à-dire l'effondrement d'une partie de la toiture car la situation serait alors devenue irréversible.

Au fil des années nous devenions experts dans ces travaux de toiture, faisant usage en cela des moyens les moins académiques. Inlassablement tous les ans nous remontions sur le toit, soigneusement encordés bien sûr, mais à présent forts d'une technique éprouvée par des années d'usage. Tout d'abord nous posions sur le toit une échelle à plat, elle-même tenue par une corde passant par le faîtage et attachée à un arbre du côté opposé au versant sur lequel on travaillait. Au moins pouvait-on alors avoir les pieds bien calés et évoluer de haut en bas sans risque de glissade ou de perte d'équilibre. Pour refixer les ardoises nous avions plusieurs cordes à notre arc : les pointes bien sûr, mais connaissant les méfaits dus à l'ébranlement du toit nous nous rabattions parfois sur les vis, qui se fixent en douceur, ou encore sur du ciment à déposer en plots sous la lauze lorsqu'il s'agit d'intervenir sans écarter ses voisines. Dès que nous étions amenés à découvrir une surface un peu importante nous savions utiliser le papier-goudron, ah le merveilleux matériau, à fixer à plat avec des liteaux, qui permet d'attendre bien longtemps, souvent des années, là est notre faiblesse, avant de remettre en place de nouvelles ardoises.

À l'intérieur les poutres souvent détrempées par des infiltrations aussi insidieuses que durables, finissaient par nous lâcher. Sans nous décourager nous intervenions alors avec nos moyens, c'est-à-dire pas grand-chose en mobilisant avant tout nos capacités de réflexion et d'inventivité. Nous avons alors revisité toutes les lois de la physique, que ce soit celle du levier, de la poussée, nous aidant du palan à brins multiples et finissant souvent par un usage détourné du cric de la voiture. Après maints efforts la mise en place d'un calage provisoire nous permettait de souffler et d'imaginer la suite des opérations. La consolidation souvent ne manquait pas d'allure, s'apparentant toutefois plus à la pose d'une prothèse qu'à un chef-d'œuvre de compagnon du devoir. Mais ces réparations « à la Dubout » avaient le mérite de tenir en permettant d'attendre des jours meilleurs. Parmi nos proches, fort peu nombreux étaient ceux qui croyaient à la pérennité de nos efforts pourtant méritoires. Ils avaient tort.

Nous ne pouvions imaginer voir s'effondrer et disparaître ce bâtiment. La maison sans la grange n'aurait plus eu aucun sens. Sur le plan patrimonial d'abord, maison plus grange formant un ensemble indissociable. Sur le plan pratique ensuite car le volume de rangement qu'elle nous offrait était irremplaçable.

Nous recherchions des solutions pour parvenir à faire face à son sauvetage. Entre autre possibilité avait été évoquée l'idée de revendre l'intégralité des lauzes qui la recouvraient, très recherchées pour les restaurations de maisons anciennes, ce qui aurait permis de financer la mise en place d'un matériau économique, du genre produit bitumineux. Mais nous ne parvenions pas à nous résoudre à cette extrémité. Quelque part nous pensions que nous aurions alors failli à notre devoir, que nous aurions commis une faute inadmissible en dénaturant définitivement l'accord des lieux avec leur histoire.

Pourtant l'occasion nous en avait été fournie, il ne restait plus qu'à acquiescer. Un jour que nous étions dehors en train de finir de déjeuner arriva une camionnette qui se gara sur notre terrain. En descendit M. Allenc, notre ancien couvreur, que nous n'avions pas vu depuis plusieurs années. Sa visite ne manquait pas de nous surprendre mais nous l'accueillîmes aimablement.

– Ah ben j'passais voir si vous étiez toujours là…

Nous engageâmes la conversation, d'abord au pied de son véhicule dont il était à peine descendu. Puis on s'avança dans le jardin. La discussion était alors bien engagée et les sujets les plus divers étaient abordés : les affaires, le prix de l'immobilier, le souvenir déjà ancien de nos travaux de toiture, l'état de la maison à ce moment-là. Fatigués d'être debout nous l'invitâmes à rentrer et sortîmes les verres. Au bout d'une bonne heure de conversation à bâtons rompus, M. Allenc commença à prendre congé de nous. Nous le raccompagnâmes poliment jusqu'à son véhicule. Au moment où il allait s'y asseoir il se releva. Nous craignîmes alors de repartir sur un sujet sans fin. Au lieu de cela il nous déclara :

– Au fait ma femme me disait l'aut'jour : vous les vendriez pas vos ardoises de la grange ?

*

*   *

Bon nombre de nos proches bien sûr ont suivi notre penchant pour ce lieu hors du commun.

Nos enfants ont toujours connu la maison, parfois dès leurs premières semaines d'existence et d'année en année nous ont accompagnés pour le rituel des vacances à la campagne.

Avec plaisir d'abord, « que du bonheur ! » disait à quatre ans l'un d'entre eux. Avec intérêt pour cet endroit où l'on tutoie la nature, où l'on prend ses distances avec la vie réglée du reste de l'année, où l'on gagne un peu son indépendance, où l'imagination de chacun peut s'exprimer librement puisque les adultes, méconnaissables eux-mêmes, n'hésitent pas à jeter aux orties toutes leurs conventions habituelles.

Pour mieux les distraire nos capacités d'adaptations et de détournements d'objets usuels faisaient merveille : quelle meilleure luge par exemple qu'un couvercle de cuisinière en tôle émaillée pour dévaler le pré enneigé, quoi de plus grisant qu'un travelling improvisé entre deux arbres avec la poulie servant habituellement à hisser l'eau du puits, quoi de plus excitant enfin qu'une chasse au trésor dans l'univers accidenté des parcelles environnantes donnant en s'éloignant de cent mètres le sentiment d'être à l'écart de toute civilisation.

Pour eux aussi une tradition s'était créée. Inspirés sans doute par la créativité débordante de leurs parents ils avaient à cœur de mettre au point chaque année un spectacle dont la première et unique représentation se tenait, comme un rituel, au dernier soir de nos vacances. Dans la grange une scène était dressée. Durant quelques jours leurs préparatifs les accaparaient. Aménagement du décor, confection des costumes, attribution des rôles, répétitions. Comme chez Molière la scène était éclairée d'un rang de bougies donnant au spectacle une ambiance intimiste et feutrée. Le public étant conquis d'avance le succès était assuré.

Pour eux comme pour nous cette part indissociable de leur éducation laissera la marque de son estampille si particulière, comme une école de la vie, de l'essentiel.

Est-ce le résultat d'une sélection réussie mais nous n'avons jamais, nous semble-t-il, constaté qu'un de nos invités n'ait manqué d'être marqué par son séjour ici. Nous avons pourtant poussé nos expérimentations jusqu'à y faire venir toutes les tranches d'âge et à peu près toutes les catégories sociales. Pas une plainte n'a été entendue. Tous se sont pliés avec bonne volonté à ses règles coutumières, accepté l'inconfort, adhéré à nos traditions.

Pour aller plus loin nous observons avec un intérêt quasi clinique le pouvoir d'attraction qu'exerce l'endroit. Les premières vingt-quatre heures sont souvent marquées par la perplexité. Est-ce la beauté brute de la bâtisse et de son environnement qu'il faut apprendre à déceler ? Les réflexes conditionnés jouent encore lorsque par exemple on cherche du bout des doigts la présence d'un interrupteur en entrant dans la pièce sombre ou lorsqu'on tripote machinalement son téléphone portable, désespéré de ne recevoir aucun appel.

Puis vient le temps de l'adaptation et enfin celui de la fusion. Est-ce l'atmosphère qui s'en dégage, si détachée du reste du monde, ou l'art de vie qui s'y impose, qui systématiquement produisent leurs effets ? Toujours est-il que chaque découverte se traduit par une conquête.

C'est un plaisir alors que de voir repartir des êtres détendus, revigorés, semblant habités d'un esprit neuf, lavé des scories de notre existence trop servile, trop dépendante de la société codifiée qui nous conditionne.

*

*   *

Chapitre Dix
1986 – 2000

Pendant longtemps encore nous fûmes considérés comme des étrangers. Certes nous pouvions comprendre la prudente réserve de la plupart de nos voisins à notre égard, s'estimant trop différents de nous. De notre côté nous faisions peu d'efforts il est vrai pour les encourager, mal à l'aise nous-mêmes nous ne faisions le premier pas que si une nécessité s'en faisait réellement sentir. Nous nous complaisions tout simplement dans notre vie communautaire où nos besoins trouvaient naturellement leur satisfaction dans ce régime quasi autarcique.

Bien que nous n'ayons jamais clairement ressenti d'hostilité à notre égard quelques esprits retors devaient toutefois assimiler notre présence à celle d'un envahisseur. Comment interpréter autrement les détériorations dont notre demeure fut l'objet.

À deux reprises en effet dans le passé des faits de vandalisme totalement gratuits furent commis en notre absence. Ce fut d'abord la petite construction des wc extérieurs que nous retrouvâmes mise en pièce, sauvagement détruite, à notre séjour suivant. Cet acte était inexplicable mais pouvait être mis sur le compte de quelque esprit égaré cherchant un sujet de défoulement. Nous espérions que cela resterait un accroc sans lendemain. Hélas, quelques mois plus tard la mesure fut encore plus forte : nous trouvâmes la voûte de notre puits effondrée et les piliers en pierre du portail abattus au sol. Il s'agissait tout de même de blocs de granit de plusieurs centaines de kilos solidement assemblés qu'il avait fallu abattre. Cela ne pouvait avoir été effectué sans l'aide d'outils encombrants, de barres à mines, ou même, avons-nous pensé, d'un tracteur utilisé comme boutoir. En mutilant notre bien on voulait nous atteindre, peut-être nous décourager. Quel sens fallait-il y donner ? Quel être était capable de commettre un acte aussi destructeur à l'égard d'éléments si emblématiques d'un patrimoine ici ô combien respecté ?

Les campagnes véhiculent souvent des sentiments de jalousie, fallait-il leur attribuer ces méfaits ? Ces faits restèrent isolés et si, sur le moment, nous en fûmes choqués, nous finîmes par les oublier et dans notre clémence ne pas chercher à qui les attribuer.

*

* *

Loin de nous abattre, le saccage de nos wc nous amena à réagir avec finesse. Ayant vécu fort longtemps sans cet accessoire de confort nous nous étions efforcés, lorsque nous nous résolûmes à nous en doter, à respecter l'esprit du cabinet qui meublait si élégamment autrefois les arrière-cours ou les potagers. La fosse que nous avions creusée avait été recouverte d'un plancher fait du bois de chêne récupéré de nos anciennes démolitions. Même posées à même le sol humide ces planches démontrèrent avec le temps leurs grandes qualités d'imputrescibilité. Sur celles-ci nous avions érigé une adorable cabane toute en bois, faite de planches posées à clins, fermée par une porte elle-même percée, selon la tradition, d'un simple cœur pour donner un peu d'éclairage.

C'est cette cabane qui fut démolie avec la plus grande sauvagerie, les vandales sans doute armés d'une masse ou d'une cognée s'étant acharnés à n'en laisser que des débris.

Que pouvions-nous opposer à tant de violence ? Allions-nous à chaque séjour nous acharner à rebâtir l'ouvrage que l'on retrouverait détruit à notre prochaine arrivée ? Il n'en n'était pas question.

Nous reconstruisîmes pourtant une nouvelle cabane, cette fois-ci en contreplaqué, élégamment peinte en vert prairie. Le choix de ce matériau léger n'était pas innocent. Celle-ci fut équipée de quatre poignées la rendant transportable. Lorsque les vacances étaient finies nous la rentrions dans la grange, ainsi que la cuvette des wc, également démontable. Lorsque nous revenions, nous la remettions illico en place, elle trônait alors sur le jardin du haut, comme si elle y avait toujours été.

Ainsi avions-nous opposé une résistance subtile à cette force destructrice, nous inspirant par là de préceptes retenus des fables qu'enfants nous nous appliquions à réciter.

Il reste à imaginer l'océan de perplexité dans lequel se trouvèrent plongés nos voisins les plus immédiats voyant apparaître, puis disparaître, puis apparaître encore et parfois même se déplacer, la cabane du fond du jardin.

*

*   *

Tout d'abord rétifs à la culture du pays, puis curieux de la découvrir, de l'apprivoiser, nous avions fini par nous l'approprier au point de devenir de véritables défenseurs de l'identité locale. Nous qui avions eu tant de mal durant notre période initiatique à nous pénétrer de la richesse et de la grandeur de ce monde si rude, si replié sur ses traditions, nous nous prenions à présent à nous poser en censeurs intransigeants.

L'évolution économique du pays, la pénétration des pratiques modernes dans le domaine du commerce comme dans celui de l'agriculture nous a fait bien souvent réagir et nous interroger sur le bénéfice qu'à long terme la population en retirerait. Alors que d'aucuns s'émerveillaient du redressement de l'économie locale au travers de la relance de l'industrie coutelière, nous nous posions pour notre part bien des questions sur les effets de ce commerce soudainement débridé.

Ainsi avons-nous vu se réaliser avec une génération de décalage le phénomène vécu par nos parents quarante ans plus tôt dans nos régions plus développées : disparition successive de tous les petits commerces au profit de la grande distribution, emballement des effets de mode, reproduction de schémas standardisés importés d'une autre culture, consommation à outrance.

Notre regard sur le microcosme local nous faisait réagir tant nous le voyions parfois s'engager sur des pistes qui n'étaient peut-être pas les siennes.

Au bout du compte, à la casquette de base-ball dont chacun s'affublait à présent nous préférions le bon vieux béret, et la noria de pick-up japonais nous faisait regretter le temps du fameux tracteur Cournil[14], véhicule à tout faire présent auparavant dans toutes les cours de fermes.

Après avoir si bien résisté le pays n'allait-il pas se laisser absorber par la vague dévastatrice du commerce mondial, aux effets normalisateurs et destructeurs d'identités ? Nous étions trop fraîchement convertis à ces valeurs auprès desquelles nous avions pris l'habitude de venir nous ressourcer pour accepter de les voir s'éroder, s'amenuiser et disparaître comme déjà on pouvait commencer à le craindre.

*

* *

Cette journée du 12 juillet 98 commença fort mal pour nous, tiraillés que nous étions par un terrible dilemme intérieur.

Quoiqu'en retrait du monde nous ne pouvions ignorer le grand match qui se préparait. Seulement voilà, pas d'électricité signifie pas de télévision et sur ce point pas question de se renier. Cette règle il faut savoir l'accepter pour le meilleur et pour le pire. Certes, mais pouvait-on oublier l'événement mondial qui fédérait sous une même bannière l'ensemble des français ?

Négligemment et sans trop le montrer à nos compagnes nous avions profité de quelques courses à Laguiole pour

14. La Jeep auvergnate.

chercher une solution de repli pour la soirée. Y aurait-il quelque café qui retransmettrait le match sur un écran de dimension acceptable ? Rien en fait ne semblait prévu. Nous partîmes donc pour une consultation de l'Office du Tourisme. Bien nous en prit, on annonçait une retransmission sur écran géant, place de la Mairie à Marcejac.

Nous nous organisâmes en conséquence, embarquant dès l'après-midi femmes et enfants pour cette sortie exceptionnelle.

À Marcejac visiblement le calme de cette fin de journée était révélateur des préparatifs de la grande soirée qui s'annonçait. Sitôt un sandwich avalé nous nous dirigeâmes vers le lieu de la retransmission. Nous étions pratiquement les premiers à nous installer. Sur la place, la Mairie avait bien fait les choses. Cent cinquante ou deux cents chaises avaient été disposées devant l'écran. Celui-ci était installé en hauteur, sur une remorque de transport de fourrage qui avait été tirée là, remplissant le rôle d'estrade. Par petits groupes les villageois arrivaient. L'ambiance petit à petit commençait à monter. Des véhicules passaient en klaxonnant, sillonnant la ville en tous sens. Certains avaient été entièrement décorés, affublés de drapeaux, voire entièrement peints en bleu, blanc, rouge. Nombre de fenêtres étaient également ornées d'étendards. Les plus anciens devaient se remémorer alors les heures vécues à la fin de la guerre, lors de la libération de la France. Les grandes liesses patriotiques ont pour singularité de réunir toutes les sensibilités, toutes les obédiences, dans un même élan.

L'heure du coup d'envoi approchait. Sur l'écran aucune image encore n'apparaissait. Par contre une certaine agitation régnait autour de celui-ci et de l'appareil de rétro-projection qui lui faisait face.

On allait et venait, on rentrait dans la Mairie, on en ressortait avec du câble, on se concertait, une brochure à la main. Toujours aucune image. Un responsable en cravate partit précipitamment, il revînt quelques minutes plus tard accompagné d'un homme en salopette de travail, une caisse à outils à la main, sans doute l'électricien de la commune.

Pour ceux qui étaient informés, le coup d'envoi avait été donné. Le parterre de chaises, à présent bondé, bruissait et s'enflammait. Complaisamment quelqu'un disposa un téléviseur sur le bord de la scène. Trois cents paires d'yeux s'évertuèrent alors à distinguer les silhouettes minuscules qui s'y agitaient. Ceux qui étaient les plus près commentaient pour les autres. Soudain les premiers rangs se levèrent dans une explosion : premier but pour la France. L'ambiance montait. On avait alors le sentiment de se trouver dans la tribune du Stade de France, du moins en un minuscule recoin : cornes de brume, drapeaux agités en tous sens, visages maquillés.

Sur la scène on se démenait toujours, parfois sur l'écran la lumière apparaissait, puis s'éteignait. Nouvelle explosion de joie. Nul besoin de nous l'expliquer, c'était le deuxième but qui était marqué. Une image, à l'envers, fit alors son apparition. Puis miracle, à cinq minutes de la mi-temps le spectacle du stade enfin nous apparut. Pas pour longtemps, dans sa précipitation une dame qui regagnait sa chaise en courant se prit les pieds dans le câble d'alimentation, noir total, grondement dans la foule.

En deuxième mi-temps les spectateurs enfin récompensés de leur patience donnèrent de la voix, leurs encouragements s'amplifiant à chaque action de jeu menée par les français. Il y eut même un départ de ola.

Le match se termina dans un délire. Des pétards éclataient de toute part, les cornes de brume et les klaxons étaient bloqués, des groupes s'enlaçaient et dansaient au milieu de la route.

La France avait gagné, le monde entier pouvait en témoigner. Ici, à Marcejac, du mieux qu'on avait pu, on avait participé.

Mais au fond aurait-on échangé notre place avec celle que nous aurait offerte un établissement confortable et bien équipé pour profiter d'une retransmission parfaite ? Certainement pas. Il nous aurait manqué cette ferveur bon enfant, cette façon de s'accommoder des défaillances de l'organisation sans en tenir rigueur à quiconque, cette fraîcheur et cette gaieté communicative. Il nous aurait manqué surtout d'avoir partagé ce moment de joie et de ferveur collectives qui quelque part venaient conforter notre quête d'appartenance à cette communauté d'adoption.

*

* *

Notre progressive identification à notre demeure et à ceux qui l'avaient habité se traduisait peu à peu dans nos choix, nos comportements, notre manière d'être et de penser.

Non seulement nous devenons pointilleux sur les atteintes qui pouvaient être faites à la tradition populaire mais encore nous nous appliquions inconsciemment à nous-mêmes, dès que nous rejoignions ces terres, une métamorphose qui nous mettait alors dans les habits du paysan rouergat. Dans notre mode de vie, petit à petit et sans que cela fut le fruit d'une théâtrale imitation, nous nous étions rapprochés de ceux qui vivaient là, cent cinquante ans plus tôt.

Cela s'illustrait dans différents domaines, ce qui confirmait qu'il ne s'agissait nullement d'un jeu mais bien plus d'un phénomène d'identification révélateur d'une imprégnation lente mais profonde des spécificités de l'endroit.

Dans le respect de la construction nous l'avons dit nous étions devenus intransigeants. Le matériau noble et traditionnel était à présent préféré à tout autre, hormis quelques concessions faites au confort mais uniquement pour les aménagements intérieurs. Dorénavant toute transformation qui viendrait à dénaturer l'aspect général de la ferme, si caractéristique de son époque, serait une injure faite à ceux qui l'avaient imaginée et bâtie.

À présent les toitures refaites offraient au regard l'harmonie du dessin des lauzes soigneusement alignées. Le chemin, le jardin étaient entretenus mais sans ostentation ni aménagements qui viendraient à dénaturer la beauté brute des bâtiments.

Lorsque nous avions décidé de bâtir, cette fois-ci en dur, un bâtiment annexe remplissant la fonction de toilettes, nous l'avions voulu exemplaire de notre rédemption. Accolé à la maison celui-ci avait été construit, selon la tradition, en pierres collectées sur les terrains les plus proches, choisies et assemblées une à une en tenant compte de leurs formes. La pente prononcée du toit reprenait le même angle que celui de la grange ou de la maison et les ardoises qui la recouvraient avaient été posées par nos soins en respectant le dessin harmonieux des écailles de poisson, de grandes dimensions sur la partie basse et se rétrécissant au fur et à mesure que nous approchions du faîtage.

Pour ce que nous appellerons la décoration intérieure, notion totalement piétinée par nous tous pendant si longtemps, nous nous étions petit à petit laissés gagner par la recherche d'un compromis équilibré entre tradition et fonctionnalité. La suppression de l'encombrante et inélégante tôle de la hotte de cheminée prit en cela presque valeur d'un acte refondateur. Définitivement furent chassées les idées d'aménagement contemporain inapproprié au lieu et à l'ambiance qui doit s'en dégager. Un manteau de cheminée rustique, fait de vieux bois, copié des modèles régionaux fit son apparition sous les mains habiles de Philo. Sur son étagère trônaient à présent les pots à sel et à épices communs à toute cuisine campagnarde. Quelques objets de tradition populaire glanés sur place, la grange abritait nombre de reliques, ou chinés à bas prix sur les foires ou les vide-greniers furent disposés dans la pièce à vivre, apportant leur touche de rusticité.

Sur un plan pratique nous privilégions toute source d'économie d'énergie : bien qu'il existât à présent un chauffe-eau à gaz pour l'usage domestique, nous n'omettions jamais d'avoir une marmite suspendue à la crémaillère de la cheminée, maintenant une provision d'eau chaude gratuite et toujours disponible.

Pour la cuisine la cheminée revêtait une grande importance et nos choix de menus privilégiaient la cuisson à la broche, au grill ou dans la marmite en fonte.

L'habillement répondait ici également à une sorte de code imposé par le lieu. Point de fantaisie vestimentaire, comme pour les anciens le choix était fait de vêtements rustiques, usagés et sans élégance. Le Fournigalien arbore une mise modeste, tant chez l'homme que chez la femme. Ces dernières du reste, devaient avoir à l'esprit que les personnes du sexe selon l'appellation des anciens, loin de toute coquetterie étaient réputées ici pour avoir « de la fraîcheur et de la taille, leurs traits annonçant plus la force que la délicatesse ».

À vrai dire nous avions chacun ce que nous appelions notre tenue de Fournigal. C'était un vieux jean ou un pantalon de velours usagé que nous n'aurions imaginé porter à la ville. C'était un polo ou une chemise ternis par le soleil et les lavages répétés ou encore un pull un peu informe portant les cicatrices d'anciens accrocs, mais c'était surtout la tenue conforme au lieu. On savait qu'elle ne craignait ni les ronces, ni la boue, ni les risques inhérents à nos activités variées. Polyvalente elle s'adaptait à toutes les situations et son aspect négligé ne nous perturbait nullement pour effectuer nos emplettes dans les commerces du bourg. Dès que nous arrivions nous l'enfilions, elle nous procurait aussitôt un sentiment de liberté et d'évasion. Un seul inconvénient à la constance de cet habillement : lorsque nous compulsions les photos de vacances prises d'année en année nous constations que nous seuls parmi nos invités étions immuablement habillés des mêmes vêtements comme si une sorte d'intemporalité s'emparait de nous lorsque nous étions ici.

Mais lorsqu'à la fin du séjour nous revenions en ville notre premier geste était de précipiter cette défroque dans la machine à laver tant son aspect et son odeur, car elle était imprégnée de fumée résultant des longues heures passées devant la cheminée, nous semblaient tout à coup incompatibles avec la civilisation retrouvée. La conclusion était simple :

la tenue de Fournigal ne pouvait se concevoir et se porter qu'à Fournigal.

Aurions-nous été également contaminés par un de ces traits de caractères communs à tous les aveyronnais ? On les prétend avares, jugement certainement excessif qui voudrait plutôt exprimer leur soin à ne pas gaspiller : un sou est un sou.

Ce sens de l'économie nous l'appliquions avec rigueur. Pourquoi gaspiller ? Les anciens n'achetaient dit-on que le sel et les allumettes. Pour le mobilier, l'équipement de la maison, nous ne nous sommes pratiquement jamais laissés aller à la moindre dépense. Ici on récupère, on suscite les dons parmi nos proches. Tout ce qui devient inutile, usagé ou démodé dans nos résidences principales retrouvera ici grâce à nos yeux, s'accordant comme une seconde jeunesse. Cette disposition étant maintenant connue d'un grand nombre, Fournigal se trouve être devenue comme une immense source de recyclage, de Bain de Jouvence pour mobilier oublié et chacun aura à cœur de conserver pour nous tout meuble ou objet qu'il destinait à éliminer. Ne voulant brider ni décourager cette générosité collective il nous est arrivé parfois d'avoir à recueillir de ces spécimens inclassables qui, ne pouvant décemment être installés dans la demeure, furent stockés hypocritement dans la grange avant que d'être portés en déchetterie lors d'un grand rangement annuel.

Les travaux, dans la mesure du possible, se sont toujours faits à peu de frais. L'inventivité, la recherche de solutions astucieuses permettent de réaliser des miracles sans bourse délier. Comme Jean Vert en son temps, nous n'aurons eu recours à des entreprises extérieures que pour la réfection des toitures, car pour leur petit entretien nous ne rechignions jamais à l'exercice périlleux de leur pénible ascension. L'achat de matériaux a toujours été modéré car là encore nous récupérions, nous recyclions, nous adaptions. La grange a toujours été un capharnaüm empli de trésors dérisoires et il est beaucoup plus gratifiant pour nous de savoir y déceler l'objet qui permettra de s'adapter à nos nécessités plutôt que de nous précipiter vers l'achat d'un produit manufacturé.

Au fond pour quelle raison cultivons-nous une telle passion pour la rusticité, l'inconfort, la modestie des moyens alors que tout nous conditionne en permanence pour une recherche inverse ? Ici l'argent, l'intérêt, l'ambition, l'apparence, la possession, perdent tout leur sens. Ils n'ont plus cours, sont devenus inutiles et peuvent être relégués aux oubliettes. D'autres valeurs essentielles les ont remplacés qui nous suffisent et nous gratifient, élèvent notre esprit en le rendant vertueux.

Alors oui notre oustal est devenu notre temple, notre chapelle, l'autel auprès duquel nous devons à intervalle régulier venir nous ressourcer pour compenser les énergies gaspillées par les contraintes inutiles et démesurées que nous impose notre siècle.

*

*   *

Chapitre Onze
2005

En ce début de Juillet les premiers pensionnaires firent tinter la clochette de notre porche. Après les avoir accueillis nous les invitions à retirer leurs bagages des véhicules qui devraient être garés à l'écart, sous le couvert d'un bosquet où un lieu de stationnement avait été aménagé, loin du regard.

Après leur avoir offert une infusion ou une liqueur de gentiane nous leur faisions découvrir les contours de la propriété et les entraînions à l'intérieur des bâtiments. Il convenait tout d'abord de leur apporter les éléments d'information essentiels au mode de vie qui leur était proposé. À chacun nous remettions une petite lampe à huile qui serait un indispensable compagnon dès que le jour tomberait, ainsi qu'un carnet relié où nous les invitions à noter au jour le jour leurs activités, leurs découvertes, leurs émotions.

Les chambres avaient été aménagées à l'étage de la grange, qui en comportait six. Chambre n'était peut-être pas le mot le plus approprié pour désigner ces sortes de cellules aux murs blanchis à la chaux, qui n'étaient meublées que d'un lit, d'une table et de deux étagères. La salle de bains était commune, dotée d'une pierre d'évier en guise de lavabo et d'une douche, aux allures plus conformistes.

Mais ne nous méprenons pas, ces conditions sommaires n'étaient dictées par aucune ambition philosophique ou religieuse, la liberté de pensée étant un principe totalement déclaré. Le choix de ce séjour original avait été fait en toute connaissance de cause dans le but avoué d'une désintoxication temporaire aux addictions du XXIe siècle.

C'est en faisant le compte des nombreux amis qui se réclamaient des bienfaits d'une période passée à Fournigal que nous était venue l'idée des Séjours Authentiques.

Les publicités des magazines regorgent de propositions de vacances idylliques où se mêlent confort standardisé, soleil garanti, mais aussi bien sûr les indispensables accessoires du plaisir : piscines, saunas, jacuzzis, discothèques, salles de jeux sans lesquels les vacances ne sont plus des vacances et le bonheur une chimère inatteignable.

Notre intuition nous faisait dire qu'une catégorie de personnes était en recherche de bien autre chose que de ces séjours clés en mains, internationalement formatés, répondant selon leurs promoteurs, à la demande supposée de leur clientèle.

Peut-on l'imaginer mais pourtant certains iconoclastes ne font pas obligatoirement rimer vacances et repos avec chaleur et soleil garantis, exposition du corps, amusement sur commande et plaisirs normalisés. Nous étions persuadés de les séduire en leur proposant le dépaysement que procure un univers placé en opposition avec les stéréotypes de leur quotidien. À l'avance nous annoncions la couleur, promettant la simplicité, le calme intérieur que procure un radical changement de mode de vie. Nous les invitions à une autre découverte qu'ils pénétreraient par immersion, une sorte de bain revigorant et apaisant pour le corps et pour l'esprit.

Au début du XXe siècle une mode s'était développée autour de Laguiole et de ses pâturages qui consistait, pour les bourgeois des grandes villes, à venir y faire des cures. La ville ne disposant pas pour autant de thermes ou de fontaine miraculeuse il leur était proposé en fait deux spécialités. En premier lieu tout simplement la cure d'air pur. Nul besoin de préciser qu'elle était recommandée aux phtisiques, poitrinaires et autres bronchiteux pour qui le seul fait de respirer un air plus frais et certainement plus sain que celui de la plaine était supposé soulager leurs maux.

La cure de petit-lait ensuite, véritable invention du lieu, avait d'autres vertus. Elle consistait à parcourir les drailles et à faire des stations dans les burons pour s'y abreuver exclusivement de petit-lait. Les vertus laxatives du breuvage alliées à l'exercice de la marche étaient souveraines, paraît-il, pour qui voulait purger son corps et le laver des excès d'une alimentation trop riche.

Fidèles à l'esprit de ces traditions locales c'était donc une forme de cure que nous proposions ainsi, cure de simplicité, de détachement aux inutilités qui peuplent notre existence.

À son arrivée chacun était invité à laisser son téléphone portable au fond de son sac. Aurait-on voulu du reste s'en servir que cela aurait donné lieu à des scènes d'énervement intense. Par un bienfait indépendant de notre volonté les émetteurs se trouvaient suffisamment éloignés pour permettre aux ondes électro-magnétiques de nous atteindre.

La télé bien évidemment restait bannie, principe sur lequel nous n'étions pas prêts à transiger. Pas question non plus de se connecter, pas de prises, pas de wifi, internet étant prié de rester aux portes de la maisonnée.

Il est clair qu'après ces quelques concessions on se sentait plus apte à considérer différemment l'air que l'on respirait, à sentir le vent, le soleil ou la pluie, à mieux percevoir la nature et la présence des êtres qui nous entouraient.

Faisons-nous bien comprendre toutefois : jamais il ne fut dans nos pensées d'apparenter notre concept à une épreuve d'ascétisme, sensée par l'exercice de la diète et de la privation favoriser l'élévation de l'esprit.

Bien au contraire, l'art de la table était une des composantes essentielles de notre programme. Mais sous certaines conditions, bien entendu, basées sur la sélection des produits et la participation nécessaire à leur élaboration.

Celle-ci débutait par la cueillette, variée suivant les saisons, de produits qu'il faut savoir dénicher par soi-même et qui ne demandent qu'à être ramassés. Ce sont les champignons bien sûr, dont les pousses sont fréquentes dès le printemps et se poursuivent jusqu'à la fin de l'automne. Mousserons, coulemelles, girolles, pleurotes, trompettes de la mort et bien entendu les cèpes se ramassent en quantité pour qui sait les chercher. Il en est de même pour les châtaignes, véritable institution locale, les mûres et les framboises en été mais aussi le plantain, les pissenlits, et même les orties. Voilà bien une activité qui remet les idées en place. La nature est riche et généreuse si l'on sait s'y intéresser. Notre rôle consistait à guider nos pensionnaires vers les lieux les plus propices à des cueillettes réussies.

Chacun était invité à participer à la préparation des repas. Des tabliers de toile épaisse étaient remis à nos convives qui s'activaient alors pour l'épluchage des légumes, la préparation des volailles, qui se faisaient en commun sur la table de la cuisine. Les hommes, traditionnellement, se démenaient autour de la cheminée préparant la braise la plus propice à chaque type de cuisson. La cuisine au feu de bois a la vertu d'occuper son monde.

Les marmites en fonte étaient quotidiennement utilisées. Du reste l'une d'entre elles était en permanence suspendue à la potence au-dessus du feu, maintenant une réserve d'eau bouillante utile à bien des effets. Dans ces marmites mitonnaient des soupes paysannes, des pots au feu, des petits salés, des poules au pot, dont la saveur est bien sûr accrue par ce mode de cuisson à petit feu.

La cheminée était une invitation à rôtir, là encore avec patience, toute pièce de volaille pouvant être embrochée. Les poulets, chapons, oies, dindes, canards, mais aussi les lapins, cochons de lait, gigots de moutons tournaient des heures durant sur la rôtissoire mécanique, placés sous la surveillance d'un ou deux hommes, parfois trois ou quatre, chargés d'alimenter la braise, d'arroser la pièce à rôtir, de placer la lèchefrite, devisant entre eux et luttant avec constance, un verre de vin blanc à la main, contre la déshydratation qu'entraîne cette tâche si ingrate et accablante.

Autour de la table, en s'activant les femmes papotaient et se liaient chaque jour un peu plus en partageant la simplicité de ces moments où la chaleur humaine s'installe si facilement.

Notre table d'hôte réunissait tous les participants, assis sur les bancs comme l'étaient autrefois les commis de ferme autour de leur bon maître. Aucun couteau n'était disposé au bord de l'assiette chacun tirant de sa poche son Laguiole soigneusement aiguisé. En bout de table le maître de maison sortait du tiroir la miche de pain sur laquelle il traçait la croix, de la pointe de son couteau, avant de l'entamer.

Après les charcuteries du pays, jambon, saucisse sèche et autres fricandeaux, suivaient les farçous, puis les plats succédant aux plats, on apportait suivant les jours les rôtis, grillades, garbures, mais aussi l'aligot, les pommes de terres sous la cendre ou en truffade, nourritures roboratives dont la consommation se veut respectueuse d'une part de tradition.

Les conversations allaient alors bon train, les derniers relents de réserve due à la fréquentation d'hôtes et de copensionnaires encore inconnus quelques jours auparavant avaient sautés depuis longtemps, et les éclats de voix s'élevaient dans la pièce chacun se libérant de son corset d'éducation inhibitrice.

Cette réunion d'individus aux origines diverses favorisant les échanges culturels on s'astreignait quotidiennement à l'exercice des dégustations comparées. Personne ne rechignait alors à vider tassous et force pintous de vins de Marcillac ou des côteaux d'Entraygues.

Après les fromages et la fouace d'un claquement sec chacun comme un seul homme refermait son couteau, signe que l'on pouvait desservir.

Le groupe alors se déplaçait naturellement jusqu'à la cheminée, certains choisissant d'occuper les cantous placés de part et d'autres de l'âtre et d'autres les fauteuils paillés ou simplement parfois une chaise tournée de manière inversée afin d'appuyer sur le dossier ses deux bras repliés.

Les conversations se mettaient alors en route où chacun avait à cœur de captiver l'attention de ses compagnons de séjour. Ces hommes et ces femmes qui ne se connaissaient nullement quelques jours auparavant et qui venaient d'horizons fort variés avaient beaucoup à se dire, à faire partager sur leur propre histoire, leurs appartenances, leur culture. Petit à petit, d'anecdotiques leurs récits devenaient plus structurés chacun faisant l'effort de raconter des souvenirs personnels ou des histoires entendues qui méritent d'être contés. Des évocations sur la vie locale d'hier ou d'aujourd'hui nous étaient réclamées que nous rapportions avec un métier bien consommé.

En fin de soirée chacun allumait sa lanterne pour partir vers la grange et regagner sa chambre.

Nos clients étaient de façon générale de solides marcheurs. Pour eux nous avions sélectionnés un réseau de sentiers à vocation utilitaire. Il ne s'agissait pas que de simples boucles autour de la maison mais d'un véritable maillage qui permettait de se rendre d'un village à un autre, d'aller faire une course, de partir en cueillette, de rejoindre un château, un village à visiter ou un quelconque point de vue invitant à méditer. Les cartes et guides que nous avions artisanalement mis au point suivaient nos pensionnaires dans leurs randonnées, leur enseignant une autre approche des distances et du temps.

À quoi bon prendre son véhicule pour aller acheter un journal quand cela peut-être fait en une heure trente allers-retours à pied. Ces sentiers parcourus au rythme de nos pas offrent par ailleurs le temps de l'observation, de la rêverie ou de l'introspection. Ils mettent en relation avec la nature et le ciel, donnent conscience de l'univers qui nous entoure. Ils réveillent les sens, favorisent les émotions et enrichissent quiconque de mille découvertes en soi insignifiantes mais si gratifiantes.

– Si vous marchez jusqu'à Soulages, ou Laguiole, rapportez-nous donc les journaux, et puis des allumettes, il n'y en a plus.

Et nos pensionnaires se prêtaient avec naturel et bonhomie à rendre ces petits services qui avaient d'autant plus de valeur qu'ils leur donnaient le sentiment d'avoir été accomplis au prix d'un certain effort.

De la même manière ils ne voulaient pas rester inactifs à la ferme demandant à participer à des tâches d'apparence rudes et ingrates. Pour les hommes qui souhaitaient s'imposer des exercices physiques quotidiens, habitués qu'ils étaient peut-être aux salles de sport ou aux pistes d'entraînement nous proposions de fendre des bûches dans la cour. Une heure de cet exercice suffisait alors à leur apporter le même bénéfice qu'une séance soutenue de fitness ou de jogging, faisant travailler le cœur en même temps qu'une multitude de muscles.

Ce travail, comme tout le reste, avait une fonction car une fois par semaine une journée était consacrée à la cuisson du pain dans le four à bois qu'il fallait faire chauffer durant plusieurs heures auparavant.

Certains jours on sortait de la grange le triqueballe, engin rudimentaire constitué d'un essieu et de deux roues de charrette, pour déplacer un rocher, ou le tronc d'un arbre abattu. Il était intéressant alors de voir tous ces hommes, plus familiers de tâches intellectuelles que physiques, s'ingénier avec ardeur et passion autour de cet appareil un peu rustre pour faire parcourir seulement quelques dizaines de mètres à leur charge.

Nous ne cherchions pas à ce que nos invités soient subitement transformés en paysans du passé. Notre ambition se limitait à leur apporter le bien-être obtenu par le décalage massif qu'offraient leurs nouvelles conditions de vie. Cette recette n'avait de valeur que si le cadre qui leur était offert portait en lui-même les conditions de cette rupture. L'austérité et l'inconfort des bâtiments, sans fioritures, l'absence d'électricité, symbole du détachement à notre époque, le refuge dans la vie communautaire, si affectivement enrichissante et la proximité constante de la nature constituaient les paramètres si bénéfiques de la cure d'authenticité.

Au fil des semaines qui passaient nous progressions dans nos prescriptions curatives, ajoutant une dose de rusticité, améliorant l'ambiance des soirées, proposant des lectures associées, des récits issus de l'histoire locale et des traditions populaires, des distractions sous formes d'ateliers, des découvertes à visiter.

Ainsi quelques privilégiés avaient pu s'offrir le luxe de tant de dénuement. En quelques jours ils s'étaient sentis habités par un autre état d'esprit, détendus, relâchés, aptes à prendre la distance nécessaire avec le monde qu'ils allaient regagner.

Dans leur tête à présent flottait une présence, la silhouette d'un montagnol auquel en pensée ils aimaient s'identifier.

*

* *

Sources

La vie quotidienne en Rouergue avant 1914 – Roger Béteille – Ed. Hachette

Les Aveyronnais – Daniel Crozes et Danièle Magne – Ed. du Rouergue

De corne et d'acier – Daniel Crozes – Ed. du Rouergue

Daniel Crozes vous guide en Aveyron – Ed. du Rouergue

Laguiole en Haut-Rouergue – Abbé Georges Gaidou – Ed. Lacour

La vie d'autrefois en Aveyron – Jean-François Ratonnat – Ed. Sud-Ouest

*

*   *

Ce livre a été édité par les Éditions Thélès
11, rue Martel – 75010 Paris
Téléphone : +33 (0)1 40 20 09 10
Télécopie : +33 (0)1 40 20 05 12
e-mail : info@theles.fr
www.theles.fr

Imprimé en France

Dépôt légal 4e trimestre 2010.

ISBN 978-2-303-00312-4